メディアワークス文庫

拝啓見知らぬ旦那様、離婚していただきます〈上〉

久川航璃

目　次

序章　顔も知らぬ妻からの手紙　5
第一章　賭けと八年越しの初夜　9
第二章　領地視察と夫の思惑　83
間章　毒婦な妻の真実の姿　158
第三章　信頼と裏切り　187
転章　狐狩りの始まり　262

序章　顔も知らぬ妻からの手紙

どこまでもなだらかな起伏が続く丘陵地帯に、ガイハンダー帝国の南部戦線の駐屯地はある。見晴らしのいい平原にはやや乾燥した風が吹いて丈の短い草を揺らす。青々と茂る草は、遠く離れた北に位置する帝都ではあまり見ない種類のものだ。けれど、それもいつもの風景になって馴染《なじ》んでしまった。

——八年。

隣国と戦争をしていた歳月だ。そして男が帝都を発《た》ってからの期間でもある。国境を越えてきた敵兵と平原を挟んで睨《にら》み合《あ》っていた年数でもあった。

だがこの度ようやく、長きに亘《わた》る戦争に休戦協定が締結された。その知らせは瞬く間に、帝国全土を席巻《せっけん》した。

それに紛れ、残務処理中の駐屯地に一通の手紙が届いた。

草原地帯特有の温暖な気候とは異なる、帝都から送られてきた手紙を開けばどこか冷たい風を孕《はら》んでいて、都を囲むように聳《そび》え立《た》つミッテルホルンの山々の雪化粧を思い起こさせた。

「お前宛に家族から連絡など、珍しいな」

幕内で手紙を読んでいたアナルド・スワンガンは顔を上げて、机を挟んで向かいに座っていた同じく中佐である友人を見つめた。切れ長のエメラルドグリーンの瞳は涼しげで白磁の肌によく映える。美貌の中佐として有名だが恋文が届くことはあれど、戦中には一度として血縁者からの手紙が届くことはなかった。終戦を告げた途端に届いた手紙にざっと目を通していたアナルドは、口の端を僅かに持ち上げた。

そのまま手紙を友人に手渡す。

「なんだ、そんなに面白いことでも書いてあるのか？」

アナルドが無言で寄こした手紙に興味を示した友人は面白そうに手紙を読み進め、表情を一変させた。

「お前、これ悠長にしている場合じゃないだろう……っ」

友人が慌てふためくさまに、アナルドはふむと顎を撫《な》でる。作戦を練る時のように、怜悧《れいり》な瞳に酷薄な光を宿す。

敵を追い詰め、罠《わな》を張り巡らす。アナルドがその灰色の髪から『戦場の灰色狐《はいいろぎつね》』と呼ばれる所以《ゆえん》でもある。次は政敵にでも向けられるはずの瞳はなぜか手紙の送り主である妻へと向けられた。

戦争は終わってしまったが、次の新たな争いの匂いがする。

謀略の限りを尽くせる相手だとなお嬉《うれ》しいが、手紙からは窺《うかが》い知れることなど僅かだ。わからないからこそ、新たな戦場にどこか胸が躍る。

「さて、どのような意図があるのかはともかく。相手をどう追い詰めていくのか考えるのは暇つぶしくらいにはなるだろうさ」

「おいおい、仮にも自分の妻だろうに」

呆《あき》れる友人に、喧嘩《けんか》を売るような手紙を送り付けてくる相手に容赦する必要があるのかと胸中で疑問をつぶやく。

手紙は女性らしい文字で、丁寧に綴《つづ》られていた。そしてスワンガン伯爵家の家紋をかたどった封蠟《ふうろう》でしっかりと閉じられていた。中には父の署名もある。つまり父も把握しているということだろう。

なんにせよ相手の本気度が知れて、笑いがこみ上げる。

まだ一度も顔を見たことはないながらも噂《うわさ》だけは少々聞き及んでいる妻を思い浮かべ、アナルドは手紙の内容を反芻《はんすう》する。

『拝啓　見知らぬ旦那様』そんな挑戦的な文言で始まる手紙だった。

『拝啓　見知らぬ旦那様

この度休戦協定が締結され、事実上の終戦になったとお聞きしました。貴方《あなた》と結婚して八年目を迎え、便り一つもないどころか互いの顔すら知らない名ばかりの妻ですもの。

この機会にぜひ、離婚に応じていただきたく存じます。

顔も知らないあなたの妻より』

第一章　賭けと八年越しの初夜

時は遡ること、八年前――。

ガイハンダー帝国の帝都は大陸の北方寄りに位置する。都を囲むように聳える山脈はミッテルホルンと呼ばれ、自然の要塞として都を、ひいては国を守っている。その山々の間の比較的なだらかな地形を利用して開かれた都は、冬ともなれば寒さも厳しく人々は屋敷に籠もって暖炉のある暖かな部屋で過ごすことが多い。

帝都の貴族街にあるホラント子爵家も同様だ。四人家族は夕食後に、それぞれの暖められた部屋でまったりと過ごしているはずだった。いつもならば。

子爵家のきんと冷えた薄暗い廊下をものともせず、激しい勢いで突き進んだバイレッタは居間に通じる扉を開いて啖呵《たんか》を切った。

「お父様、どういうことですのっ」

中で夕食後のお茶を飲んでいた両親が娘の剣幕に動じることなく振り返って、揃《そろ》ってため息をついた。

「相変わらず騒々しいこと。妙齢の乙女の態度ではありませんよ、バイレッタ」

「お母様、お小言は後になさって！　お兄様から信じられない話を伺ったのですけれど、本当ですか」

「聞いたのなら、その通りだ。この度伯爵家から縁談が来たのだ。旧帝国貴族の血を引く由緒ある家柄の相手だぞ。素晴らしく名誉なことだ。絵姿を見たか、見目麗しい男だろう？」

旧帝国貴族とはガイハンダー帝国の前身たる時代から貴族位を拝命している由緒正しい血筋を持つ人々のことだが、全くもって今の自分には関係ない。威光どころか無価値で、さらにいえば厄介なものでさえある。

「そんなもの、今頃暖炉の中で形すら残っておりませんわ。私、どなたにも嫁がないと言いましたけれど⁉」

「見もせずに放り込んだな……結婚しないなどとそんなことが許されるはずがないだろう。ホラント子爵家は代々騎士の家系だ。お前もその血を引いているからには武勲に恥じないよう、軍人の夫を立てなさい。相手は陸軍の少佐だ。この度の戦で中佐になられた方でそれはそれは立派な方なんだぞ。年齢は二十五歳と少し上だが、お前の手綱を握る……懐柔する……手懐《てなず》ける？　とにかくお前の相手にはちょうどいい年齢だろう」

「何度も言い直さないでくださいまし。だいたい騎士といっても田舎のならず者が腕を頼りに爵位をいただいただけのこと。それもせいぜい六代ほど前の話で、もとは平民ですよ。そのような素晴らしい方でしたら、何も私のような血筋の娘でなくともよろしいでしょうに」

「お前はすぐに我が家を馬鹿にするが、これでも脈々と続いた騎士の血筋は立派なもので——」

「お父様の自慢話はどうでもいいのです、今はなぜ私なのかお聞きしておりますの」

「それがぜひともお前を、との話でな」

「地位も名誉もある伯爵家のお方が直接私に申し込まれるはずもありません。どなたからのご紹介ですの」

「あー……」

それまで饒舌《じょうぜつ》に語っていた父は、一瞬にしてきまり悪そうに頬を掻《か》いた。嘘《うそ》を考えている時の父親の癖に、ますますバイレッタの瞳は鋭くなる。

母親譲りの月の女神もかくやという美貌に、勝気な少女の意思が光るアメジストの瞳は、燃えるような炎を宿している。

ストロベリーブロンドの長い髪をかき上げて、父をねめ付けた。

「お父様、まさかとは思いますけれど、ドレスラン中将閣下ではありませんわよね？」

帝国陸軍の大佐である父は十五年ほど前の北方戦線で連隊を率いていた際、師団長を務めていたモヴリス・ドレスラン中将に気に入られ、友人関係を築いている。単なる悪友止まりであれば家族もそれほど心配しないのだが、モヴリスは酒、賭博、女と派手な遊び人で有名だ。真面目、実直な父となぜ馬が合うのかは不思議なところだが、賭《か》け事《ごと》に連れ出されては、恐ろしい額を出費して帰ってくる。

目下、我が家の頭痛の種、悪魔の申し子と言っても過言ではない。

父の無言を肯定と受け取って、バイレッタはばしんとテーブルを叩《たた》くように両手をついた。がちゃんと茶器が派手な音を立てるが、気にするものか。

「お父様、正気ですか！　いったいどのような理由があって十六になったばかりの可《か》愛《わい》い娘を嫁がせようなどとお考えになられたのです」

「はあ、自分から堂々と可愛い娘などと言い切るお前なら大丈夫だ」

開き直った父は手にしていたカップをテーブルに戻し、凪《な》いだ瞳を向ける。

「お前の想像通り、ドレスラン中将閣下からのご紹介だ。なんでも可愛がっている部下に嫁を探していたらしい。今度の南部戦線は時間がかかるだろう？　せめて一時の思い出だけでも愛らしい娘を嫁がせて添わせてやりたいと仰せだ」

「愛らしいという点は誠に同意いたしますけれど。閣下が可愛がっているだなんて、どんな危険人物なのかしら。きっと、愛らしい娘をあてがわれただけではない何かがあるのでしょうね」

「お前のその自信はどこから来るのか、お父さんはちょっと心配になるんだが……まあ、実際は根性があって肝が据わっている腕っぷしのたつ性別が一応女性に分類される相手を探しておられたんだが、そのような女性なかなかいないだろう。そんな中、お前の学生時代の噂を聞き付けられた閣下が白羽の矢を立てたというわけだ」

学生時代というのは昨年卒業したスタシア高等学院のことだろう。確かに平凡とはかけはなれた学院生活を送っていたし、刃傷沙汰も起こした。それを肝が据わっていると捉えられたのか。

相変わらずモヴリスという男の感覚はおかしいのだなと認識する。

「全く愛らしい要素を感じないのですけれど」

「正直、見た目は条件に入っていない。度胸と腕だ」

「どこの道場破りの条件ですの!?」

「ははは、お前の縁談の条件だ。さすがは武勲に名高いホラント家の娘だな」

快活に笑う父に、バイレッタもにこやかに微笑《ほほえ》む。

「なるほど。お父様はここで胴と脚を離れさせたいとお望みでいらっしゃいますわね」

「待て、待て、待て！　目が本気じゃないか」

「ああら私、実直で真面目一辺倒のお父様の娘ですもの。嘘も冗談も大嫌いですわ」

ほほほと乾いた笑いを向ければ、父は顔面蒼白《そうはく》になった。

「お父様の望みを叶《かな》えられるなんて、歓喜で涙が出そうだわ」

壁にかけられた抜き身の剣を取ると、おもむろに振り下ろす。父も素早く壁に飾られたもう片方の剣を摑《つか》むと、即時に応戦した。

がきんと剣がぶつかる物々しい鈍い音が居間に響いた。

「お前のそういうところが縁談が来ない理由なんだ！　まだ学生のうちから商売なんぞに手を出して！　挙げ句に社交界では不名誉な噂ばかり立てられてどれだけ貶《おとし》められたか。女には女の幸せがある。早々に片がついてよかっただろう」

「ですから商売人として生きていきますわ。嫁ぐ気はないと散々申し上げております」

「それは許さないと言ってるだろ！」

父娘《おやこ》が剣を振り回し、居間の隅でやり合う間、母はゆっくりとお茶を飲み干すのだった。

その後もバイレッタの抗議は聞き入れられず、着々と結婚の準備は進む。信じられないことに二ヶ月後には結婚式当日を迎えていた。

暴れても、脅しても、逃げ出しても白紙に戻らなかったので、さすがのバイレッタも腹を括《くく》った。直接相手に直談判《じかだんぱん》しようと決意して、伯爵家が用意した豪奢《ごうしゃ》な馬車に半ば押し込まれるようにして乗り込む。花嫁衣裳《いしょう》に身を包み、同乗した父と一緒に揺られること半刻《はんとき》。

辿《たど》り着《つ》いた家は帝都の中央に居を構えていた。外れのほうでこぢんまりと建っている我が家との違いに愕然《がくぜん》とした。

大きな屋敷に広大な庭。こんなところに嫁ぐだなんて、信じられない。何かに化かされた気分だ。旧帝国貴族の血を引く由緒ある家柄だというのも納得できる。自分の家とは明らかに家格が違う。

父に連れられ、屋敷の中へ入ると使用人一同に出迎えられた。彼らの案内に従えばスワンガン伯爵家当主のワイナルド・スワンガンが応接間で待ち構えていた。

年の頃は五十代だろう。茶色の髪に白いものが交じり始めているが、体躯《たいく》の立派な男だ。ただし水色の瞳はドロリと濁っている。どこか退廃的な様子に違和感を覚えたが、バイレッタの意識はすぐに別のものに向けられた。

当主の横に座る女性の顔色がすこぶる悪いのだ。金色の艶やかな髪を結い上げたまだ年若い女性だ。三十代くらいだろうが、疲れたような翳《かげ》を背負っている。とても二十五歳の息子がいるとは思えないので後妻だろうとは想像がついた。儚《はかな》げといえばそれまでだが、あまりに痛々しい様子に、知らずバイレッタの眉間に皺《しわ》が寄る。

バイレッタがこうして自分の結婚相手以外に注視しているのは、その肝心な結婚相手の姿がないからだ。まさか花婿衣裳に身を包むのに手間取り遅れてやってくるとでもいうのか。とりあえず現時点での自分の花嫁衣裳の場違い感が甚だしい。

だがその疑問はすぐに解消した。

「生憎《あいにく》と息子は昨日戦場へ出立した。戦況がよろしくないらしい。結婚式は改めて帰還してから相談してくれ。ただし書面上はもう我が義娘《むすめ》となっているとのことだ。あの忌々しい息子は階級を上げて出征していきおったからな」

「伯爵様、それはどういうことでしょうか」

「聞いておらんのか。結婚すれば、階級を上げてやると言われて二つ返事で引き受けたのだ。妻を出迎えた後は屋敷の中で適当に過ごさせておけと言いおいてな」

父は初めて聞く話なのだろう。中佐に階級が上がったと話してはいたが、バイレッタとの結婚が条件だと知らなかったに違いない。顔色を変えて絶句していた。

だがそんな父の横で、夫がいないのであればその間は妻という立場にいてもいいかと考えを改めた。夫という碌《ろく》でもない木偶《でく》の坊《ぼう》に縛られることもなく、家族から結婚をうるさく勧められることもなくなるのだ。なかなか快適な生活ではないか。

もし夫が戦場から戻ってくるのであれば、その時に逃げればいいのだ。都合のいいことに夫も自分には興味がないようだし、あっさりと離婚に応じるに違いない。それに夫以外にも気になることはある。先ほどから俯《うつむ》いたまま一言も発しない義母だ。

ワイナルドは特に隣に座る彼女を気にかけることもなく、話を続けた。

「当主たる儂《わし》があやつの言うことを聞く道理もあるまい。肝心の夫もいない今、帰りたいならば子爵家で暮らしても構わぬがどうする」

投《な》げ遣《や》りに問いかけられ、バイレッタはゆっくりと瞬《まばた》きをした。

「バイレッタ、さすがにこれは私が悪かった。家に帰ってきてもいいのだぞ」

「いいえ、お父様。私、このままこのお屋敷で過ごさせていただきたく思います。夫からのお言葉もありますもの」

強い視線を向ければ、父はバイレッタの意思に気がついたように一つ頷《うなず》いた。仁義と人情に篤《あつ》い娘の琴線に触れる何かがこの家にはあるとわかってくれたのだろう。

こうして、バイレッタはスワンガン伯爵家へと迎えられた。

結局、父は心配そうにしながらも帰っていった。結婚式も行われないのだから、いても仕方がないと伯爵に追い出された形だ。

また様子を見に来ると言っていたが、父もこの度の戦争には駆り出される予定になっている。父は後方支援部隊なので遅れて召集されているのだ。バイレッタは戦争に行くわけではないので父よりずっと安全な場所にいることは間違いない。まさか婚家で命を奪われることもあるまい。娘のことより、己の心配をしろと思う。

バイレッタが父の無事を祈ると、父からは帝国軍人たる者いついかなる時も勇猛果敢に馳《は》せ参《さん》じるべし、といつもの真面目腐った言葉をいただいた。勢い込んで失敗しなければいいけれど、と心の中でつぶやくにとどめる。

結婚相手の態度もワイナルドの態度も散々だが、一応部屋は用意されていたらしい。今日からバイレッタの部屋になるという広い個室へ使用人に案内された。家から持ってきたささやかな荷物はすでに使用人により整理されており、バイレッタは静かな部屋でぼんやりと過ごした。とりあえずやることがない。何か動くにしても、情報が足りないのだ。

結局、夕食に呼ばれるまで部屋にあるカウチでじっとしたまま昼間の父とのやりとりを反芻するのだった。

息苦しいほどの緊張を孕んだ夕食の最中、がしゃんと食器が割れる耳障りな音が食堂に響いた。

夕食時、伯爵家の食堂の長テーブルに着くのは四人だ。伯爵夫妻と幼い少女。今年六歳になったばかりのミレイナだ。義妹にあたる。

母親譲りの金色の髪に父親譲りの水色の瞳をした少女は、怯《おび》えたようにおずおずと自己紹介をしてくれた。年齢にそぐわずひどく大人しい。バイレッタ自身と比べても格段に静かだ。内気というよりは何かに怯えているような様子に、こちらに残ってよかったと内心で息を吐《つ》く。義母のシンシアだけでなく、義妹にまで害を及ぼすとは許せない。

元凶は食器を床に叩き付けた男だろうことは容易に推測ができた。

「うるさい、うるさい！　お前まで指図するのかっ」

癇癪《かんしゃく》の原因はシンシアがワイナルドを窘《たしな》めただけだ。お酒の飲みすぎだと。だが、それが怒りに火をつけたようだ。義父は強い力で義母の頰を打った。腫れ上がった頰を見ると、口の中も切れているようだ。真っ白な肌に染まる朱が痛々しく映る。

だが、食堂にいる家令も給仕の男もメイドも誰も当主の暴行を止める様子はない。できるだけ顔に出さないように息を飲んで眺めている。

「あの愚かな息子が帝都からいなくなったのだ、少しくらいは好きにさせろ」

再度、手を振り上げ暴れる男に、バイレッタは慌てて近づいてそっと手を摑む。

「守るべき婦女子に手を上げるなど、元とはいえ帝国軍人の風上にも置けませんわね」

伯爵は退役軍人だ。戦中肺を患って傷病兵となり、以後は屋敷に籠もって領地経営にいそしんでいると聞いていた。だが、この様子だと怪しいこと限りない。スワンガン伯爵は領地持ちで、その経営は上手《うま》くいっていると聞いていた。大きな借金もないようだったが、義父を見ているとそうは思えない。

領地経営については追々調べるとしても、今は目の前の男を押さえることのほうが優先だ。

「なにをするっ」

「こちらの台詞《せりふ》ですわ、お義父様《とうさま》。よほどお酒を召し上がられたのかしら。お義母様《かあさま》もこう仰《おつしや》っておりますし、もうおやめになられたほうがよろしいかと」

「うるさい、子爵ごときの小娘が儂に指図する気か。名ばかりの捨てられた妻のくせに大きな顔をするな！」

「あらお義父様、おかしなことをおっしゃいますわね。小娘ですもの、顔など小さいに決まっておりますわ」

ほほほと乾いた笑い声を上げれば、顔を真っ赤にした義父は唾を飛ばさんばかりの勢いで怒鳴った。

「屁理屈《へりくつ》をこねるな！　さっさと手を放さんかっ」

「元帝国軍人でいらっしゃるのにおかしなこと。か弱い小娘の力でも押さえ込めるほど酔っていらっしゃるの、呆れたことですわね」

「貴様、表に出ろ！　すぐに剣の錆《さび》にしてくれる」

「だ、旦那様……おやめくださいっ」

怒鳴り散らしたワイナルドに、シンシアが慌てて縋《すが》る。心根の優しさに感動する。

バイレッタの母など、父娘の喧嘩など空気の扱いだ。日常茶飯事すぎて止めるどころか呆れ返って口も出さない。

「全く小娘相手に容赦のないこと……けれど、ご自身がどれほどお酔いになっているのか実感されるのもよろしいでしょうね」

「なに⁉」

「受けて立ちますわ、そこの軒先でよろしいかしら」

バイレッタの言葉に義父を除く、その場の全員が息を飲んだ気配がした。

場所を移動してランプの灯《あか》りの下、食堂の軒先に出れば先に出ていた義父が目を眇《すが》める。

「その格好でいいのか」

さすがに花嫁衣裳からは着替えているが、やや華やかなドレスを着ているのは間違いない。ふんわりと裾の広がるワンピースだ。ちなみに伯爵家には全く用意がされていなかったので自前のものだ。

結婚祝いにと両親が贈ってくれたものなので、血で汚すわけにもいかない。伯爵家に嫁ぐのだからと、生地もなかなか高価なようでごしごし洗って血糊《ちのり》を落とすわけにもいかないのだから。

もしかしたらこういうことを予想して戒めのために贈られたのかもしれないが、要は汚しさえせずに華麗に沈めればいいだけだ。

「もちろん、スカートだから負けたとは言いませんわ。それに、慣れておりますの」

「ふんっ、小娘が生意気な！　儂に挑むとはそこそこの腕で鳴らしているのだろうが、所詮は小娘の手慰みだろうに。女子供は歯向かわず大人しくしておればよいものを。すぐにその減らず口、叩けなくしてくれるっ」

随分と怒り狂っているようだが、バイレッタの婚姻の条件は知らないらしい。息子とは仲が悪そうだから、道場破りのような条件に嫁が合致しているなどとは想像もしないのだろう。単なるご令嬢の嗜《たしな》み程度と思われているのであれば、こちらとしては好都合だ。慢心は格好のつけ入る隙なのだから。

「お義父様こそ、酩酊《めいてい》していて手元がぶれたなどと言い訳なさらないでくださいね」

「ははは っ、面白いことを言うな、小娘。儂に勝つ気でいるなどと……ふん、もしお前に打ち負かされるようであればなんでも要望を聞き入れてやるぞ」

初めからバイレッタはワイナルドに深酒をやめるように懇願していただけだ。だが、どうにも話が大きくなってきた。なんでも要望を聞いてもらえるというのなら、一つだけ聞き入れてもらいたいことがある。

バイレッタが思案している間に、義父は不敵に笑った。

「そんなことができるものならな。退役軍人と侮ったこと、あの世で悔いるがいい」

全く手加減はされないらしい。あの世で悔いるとなると確実に殺す勢いで義父はかかってくるのだろう。

ワイナルドは言葉とともに構えた真剣を正面から振り下ろしてくる。それをバイレッタは自身の剣で受け止め、横に流す。

たとえ酒に酔っているといっても男の力に敵《かな》うはずもない。受けて、流す。ただひたすらにそれを繰り返す。見た目に派手さはないがかなりの技術だ。この技を身につけるためには長い修練がいるが、ワイナルドは気づいてはいないのだろう。だが忌々しそうに舌打ちした。

「受けてばかりで、逃げるだけか」

「小娘ですもの、それなりのやり方がありますわ」

義父の剣先は思ったよりも速い。だが、現役大佐の父には劣る。文官である兄にすら届かない腕前だろう。酔っているせいか、動きも単純でわかりやすい。愚直なほどだ。

不意に結婚の条件を思い出した。根性があって肝が据わっている腕っぷしのたつ一応性別が女であることだなんて言われて道場破りなどと喩《たと》えたが、まさか的中していたとは。

それを面白く思っていると、ワイナルドの眉が僅かに顰《ひそ》められた。別に義父を馬鹿にしたわけではないが、顔に出ていて勘違いしたのかもしれない。

何度も上がる剣戟《けんげき》の音は、どこか粗雑だ。いつまでも決着のつかない勝負に焦《じ》れているのだろう。

「このっ」

「はあっ」

焦りは隙を生む。少し大きく振りかぶった剣の軌道は読みやすい。横薙《よこな》ぎされた剣をそのまま自身の剣で絡めとって、弾《はじ》く。義父の手から離れた剣はくるくると弧を描いて、やや遠くの地面に突き刺さった。

茫然《ぼうぜん》とした様子の義父の喉元にきらりと輝く剣の切っ先を突き付ける。

「勝負ありましたわね、お義父様。ですから、酔っていると申し上げましたのよ」

「くっ、お前……何者だ」

「まあ、どれほど酔っていらっしゃるの。私は本日こちらに嫁いできましたスワンガン伯爵家の嫁でしょう。もうお忘れですか？」

艶やかに微笑めば目を瞠《みは》ったワイナルドが、くっと唇を歪《ゆが》めた。

自身を嘲笑《あざわら》っているかのような表情だ。先ほどまでの自棄《やけ》になったような姿も鳴りを潜めている。もしかしたら、彼にも何か事情があって酒に逃げているのかもしれない。

そうはいっても婦女子に手を上げる理由にはならないが。

「そうか……あいつはこんな娘を嫁にしたのか。わかった、好きにするがいい。何が望みだ」

決闘前の買い言葉のような約束を、反故《ほご》にするつもりもないようだ。再度、口にしたワイナルドをしげしげと見下ろす。

「そうですわね。望みを聞いてくださるというのなら、いい機会です。そんなたいしたものではございませんが、いただきたいものがあるのです」

「ふん、早く言え」

「私、離縁を考えておりまして。旦那様がお帰りになられる際に離縁状を送ろうと考えておりますの。そこにお義父様からも離縁を認めると一筆入れていただけませんでしょうか。書簡には伯爵家の封蠟をいただければなおいいですわね」

「は、離縁だと……？　小娘、旧帝国貴族の由緒ある血統を持つ我がスワンガン伯爵家を愚弄するか」

「おかしいこと。軍人になられた方が貴族派の肩を持つのですか」

ガイハンダー帝国は戦争の歴史にまみれている。いくつもの周辺国を吸収して成り立っているからだ。元は旧帝国と呼ばれる小国の集まりだった。その旧帝国時代に貴族位を拝命している者たちは貴族派と呼ばれる。古き良き時代を貴ぶ頭の堅い政治的思想の持ち主が多い。対して軍人はバイレッタの家系もそうだが数々の戦争で爵位を得た元平民が多い。貴族といっても成り上がりだ。歴史も浅い。そのため貴族派とは対立していて軍人派と呼ばれる。

スワンガン伯爵家が旧帝国貴族の血統であったとしても軍人であるだけに、血統を重視していない可能性が高いのだ。

「ははは、なんともおかしな娘が嫁いできたものだ。婚姻したその日に離縁の相談とはな。地位目当てでやってきたわけではないのか」

「道場破りのような見合い条件にたまたま合致しただけですわね」

「なんだそれは……」

意味がわからないと訝《いぶか》しげに目を眇めた義父の反応は正常だ。

誰より詳細を知りたいのは自分なのだから。なぜ顔も知らない夫は自身の妻の条件に度胸と腕っぷしを求めたのか。謎すぎる。だからといって馬鹿正直に答えても義父に笑われるだけなのは簡単に想像がついた。

「それから、こちらは初めからのお願いに戻りますが」

これ以上の深酒の禁止と、酒はほどほどにという忠告を伝えれば、本当に爆笑される。対応に困ったシンシアと家令を筆頭に使用人一同が、主《あるじ》の様子に驚天動地の心持ちで直立している様子が手に取るように伝わってくる。

しばらくの間、伯爵家には高笑いだけが響いたのだった。


あの決闘の夜から数日が経《た》つ。

スワンガン伯爵家当主は酒に依存する日々を送っていたらしい。バイレッタとの勝負であっさりと負けてから、ワイナルドはきっぱりと酒をやめた。

その代わり、剣の稽古と称した勝負の日々が続いている。小娘に負けたことがよほど悔しかったのか、別人のような変わりようで鍛錬に打ち込んでは、手合わせを望んでくる。

酒の抜けた義父の腕は確かになまっているだろうが、なかなかに手ごわい。舌戦を繰り広げたかと思えば、真剣片手に庭先で剣を交えているのだから、おかしな関係になったものだと呆れる。

まるで実家にいるようだ。いや実家よりも快適かもしれない。存外、居心地がいい。夫という存在がいなければ好き勝手できるらしいと気がついたバイレッタは、のびのびと生活させてもらっていた。

何よりこの屋敷には癒やしがある。今も廊下を歩いていると、可愛らしい少女がこっそりと扉から顔を覗《のぞ》かせた。

家族に怯えた姿は鳴りを潜めて、幼子らしい好奇心に満ちた視線が向けられる。

「あの、おねぇさま……」

容易《たやす》く心臓を打ち抜かれた。

舌ったらずな口調は、あまり話し慣れていないからだろうか。年齢よりも幼く思えたが、いとけない少女からお姉様と呼ばれ慕わしげな瞳を向けられるとか、なんのご褒美だろうか。

「どうしたの？」

できるだけ優しい声で、にこりと微笑めばぷっくりとした白い頬を染めて少女が上目遣いで見上げてくる。決して犯罪を匂わせるような怪しげな笑みにはなっていない、はずだ。

「レタおねぇさまとおよびしてもいいですか？」

「もちろんよ！　私もミレイナと呼んでもいいかしら」

「はい」

満面の笑みで頷いてくれた義妹に心が温かくなった。結婚生活も悪くない。

夫がしばらく戻らないのならば、このまま伯爵家で快適に過ごさせてもらおう。

しかし、この伯爵家は予想よりもはるかに深刻な問題を抱えているようだ。

目の前の義妹は義父と義母の子供だが、思った通りシンシアは五十六になるワイナルドの後妻で三十歳になる。つまり息子であるアナルドと年齢が近い。そんなことは貴族階級の婚姻にはよくある話なのだが、貧乏な男爵家の当時二十歳のシンシアと無理やり結婚した挙げ句、実の息子を早々に追い出して義父はやりたい放題をしていたようだ。主に酒と暴力である。

先妻との間にできたアナルドは十五歳になると士官学校に入学してしまったため、ほとんど屋敷に戻ってこない生活をしていたらしい。寮の設備があり、家に戻らなくとも困りはしない。卒業後は軍から与えられた部屋に住んでいたらしく家人の誰も彼の居場所を知らないという。そのため母娘《おやこ》を守る者もおらず、使用人たちはいつか夫人や令嬢が殺されるのではないかとひやひやしていたが、主に逆らうこともできず、また腐っても帝国軍人でもあった義父を止めることもできず非常に緊迫した日々を送っていたようだ。

そんな話を家令のドノバンを筆頭に使用人たちから口々に教えられた。

食堂で義父を剣でもって諌《いさ》めた際に、とうとう刃傷《にんじょう》沙汰かと彼ら一同は青くなったそうだが、結果的には丸く収まったため屋敷中の人間から感謝された。じゃじゃ馬だのお転婆だの、もっと女らしいことをしろだのと昔から口がすっぱくなるほど言われ続けてきたバイレッタは、生まれて初めて自分の気性を褒められ感謝されて有頂天になったほどだ。

最初は猫を被《かぶ》るつもりだったが、素でいても持《も》て囃《はや》され救世主扱いだ。浮かれるのも当然だろう。

実家に知れたら即戻ってこいと言われるだろうが、ばれるまでは好き勝手させていただこうと義妹の小さい手を取りながら心に誓う。

何より、この愛らしい手を守れたことが嬉しい。暴力の跡がなくなった義母の顔色もよくなって、重苦しい伯爵家を包む空気も晴れたような気がする。

「何をして遊びましょうか。ミレイナは何が好き？」

「いつもはぬいぐるみのお友達であそびます。ごほんもあるの」

「そう。じゃあまずはお友達を紹介してもらえるかしら」

「はい」

頰を桃色に染めてニコニコと笑う少女にきゅんきゅんしてしまう。兄しかいないバイレッタにとってミレイナは特に可愛らしく思えた。この家に来て本当によかったと実感する。

二人で連れ立って廊下を進みながらバイレッタは幸せをしみじみと嚙《か》み締《し》めた。


それから八年の歳月が流れた。

取り立てて特筆すべきことのない八年間だった。義父が聞けば渋面を作って反論してきそうだが、自分の中の結論はそうだ。

今、バイレッタはとある店の前にすっかり大きくなったミレイナと並んで立っていた。小さかった少女はすでにバイレッタと背丈がほぼ同じだ。やや目線が下になるくらい。立派な淑女に成長して義姉として誇らしくもある。

初夏の涼やかな風がミレイナのスカートの裾を揺らしている。そんな姿も可憐《かれん》だとバイレッタは目を細めた。

二人が立っているのは、帝都のガイデイア通りとランクス通りの南西、大通りに面した店の前だ。落ち着いた外観の小さな店だが、木の扉は白く塗られレースの飾りがついていて一部だけ華やかな雰囲気を醸し出していた。

扉を開けて涼やかな呼び鈴の音色を聞きながら中に入ると、数着のドレスが品よく飾られて、壁に設《しつら》えた棚には小物などが綺麗《きれい》に並べられていた。

洋装店だ。

バイレッタは数人の母娘が楽しげにドレスを選んでいる横で、目当ての棚に近づくとミレイナを手招きした。

ここはバイレッタがオーナーとして開いている店だ。

なので、どこに何があるのかは熟知している。カラフルなドレスが飾られた一角は今期の新作であり、バイレッタの一押しの商品だ。可愛いデザインは愛らしいミレイナにとてもよく似合うだろうと一目見た時から思っていた。

戦争が激化していた頃はいらなくなったドレスを洗濯して仕立て直すという作業をメインにしていた店だ。派手な装いは眉を顰められていたため、服飾にかける浪費もたとえ貴族といえどもままならない風潮だった。だが、ご婦人方にも付き合いもあれば着飾りたいとの思いもある。なので、手持ちのドレスを細工して別のドレスを作る商売を始めた。一から仕立てるよりも半分以下の値段で新しいドレスが出来上がるため、あっという間に人気になった。出張して自宅にあるドレスを手直しするという依頼も受け付けている。これが思いのほか、需要があった。

体面を重んじる貴族であれど、どこも内情は厳しいものだ。質素倹約を掲げている風潮に乗れば、見栄《みえ》など些末《さまつ》なものになる。むしろ率先して着てくれているので、いい宣伝材料と刷り込みになる。古着というよりリメイクと呼ぶことで新鮮さと昔のものを大事にしていると付加価値をつけることができるのだ。

何より常に最新の流行を取り入れた斬新なデザインを標榜《ひょうぼう》しているため、人気にも一役買っていた。おかげで淑女の皆様の口コミで商売は上々で売上も順調に伸びていった。

だが戦争もそろそろ終結に向かっていると聞いて、方向転換を図った。

既製品と呼ばれる大量の衣服を提供する店に変えたのだ。その代わりに一部はセミオーダーメイドを受け付けている。既成の型に自由に布地の色を変えられて、ボタンや飾りなどを選べるシステムを導入した。もちろん軍とも組んで軍人の日用品やシャツや外套《がいとう》などの規格品も売り付けている。そのための大規模工場も運営している。

女だてらに事業家として忙しく働いている。恋愛や結婚から逃げ回っている最大の理由でもある。本当ならば未婚のまま仕事をしていたかったが、夫がいない結婚生活も悪くないので現状のままひとまず仕事に没頭していた。

　店番の店長がバイレッタに気がついて軽く会釈してきた。だがそれだけで、すぐに接客へと向かう。オーナーである自分がミレイナを連れてきた時はプライベートだとわかっているから干渉してくることもない。

　義妹が瞳を輝かせて店内を見回しながら、飾られたドレスを眺めてはほうっと息を吐いている姿は年相応で微笑ましい。

「ミレイナも新しいドレスを作ってみる？」

「いいのですか」

「もちろんよ。新作が出たところだから、今なら好きなデザインを選べるわよ。このシリーズは人気が高いからすぐに売り切れてしまうの。今のうちに可愛い義妹《いもうと》にプレゼントさせてちょうだい」

「ありがとうございます。レタお義姉様《ねえさま》」

　二人でドレスを囲んでいると、くすくすと背後から笑い声が聞こえた。

「そうしているとすっかり仲のいい姉妹だね」

「叔父様、いらしていたの」

「ああ、時間がとれたからようやく可愛い姪《めい》に会いに来られたよ」

振り向けば長身の男が両手を広げてバイレッタを出迎えた。

黒に近いこげ茶の髪色がさらりと揺れ、翡《ひ》翠《すい》色の瞳がにこやかに細められる。

サミュズ・エトー。四十手前だが随分と若々しい容貌をしている。その一方で端整な顔立ちは貫禄《かんろく》があり年齢より下にも上にも見える男だ。

ハイレイン商会という帝国のみならず大陸全土に店舗を持つ商会の会頭でもある。ちなみに、バイレッタの店も彼が資金を出してくれたものだ。

「お帰りなさい。叔父様はお変わりありませんか」

その腕の中に飛び込んで抱擁を交わしながら、バイレッタは叔父の顔をじっと見つめた。顔色はよさそうだ、と一安心する。

「商談で少し国元を離れていただけだ。可愛い可愛い姪に会えたのだから今はとても元気になったよ」

サミュズは半年ほど商談のために東隣のナリス王国へと足を運んでいたのだ。

大きな額以上に、有意義な商談だったのだろう。内容が内容だったのでバイレッタも心配していたが、表面上は問題なさそうだ。

「敬愛する叔父様の活力になれるなら嬉しいですわ。いつお戻りになられましたの？」

「一昨日《おととい》だよ。ほらよく顔を見せて、バイレッタ」

「すっかり大きくなったのだから、ミレイナみたいに成長はしませんわよ」

「確かにミレイナは半年見ない間にすっかり淑女になったね。それは認めるけれど。だからといって、お前はしばらく見ていないと何をしでかすかわからないから油断できないんだ」

叔父はバイレッタが義妹を可愛がっていることをよくわかっている。しょっちゅう店にも連れてくるので二人は顔馴染《かおなじ》みだ。大人しい性格のミレイナと比べられると誰だってお転婆だと見なされる気もする。

「あら、失礼ですわね。私だって十分に淑女ですわよ」

「国一番の高等学院に入ったと思ったら騒動ばかり起こして。卒業したと安心した途端に私が商談に行っている間に嫁いでいるし。結婚して少しは落ち着いたかと思えば、店を拡張して縫製工場も勝手に建設していたじゃないか。さてこの半年で君が何をやらかしたのか聞くのが怖くもあるね」

全くもって笑っていない翡翠色の瞳を見つめて、思わず視線を逸《そ》らしてしまう。

帝国が誇る高等教育機関であるスタシア高等学院にバイレッタが入学したのは十二

歳だ。そして十五歳で卒業して十六歳で結婚したことになる。その間に起こした騒動は確かに淑女からは程遠い。だが、やむにやまれぬ事情があったのだ。

けれどそのせいで、現在の社交界でも男を弄んでいる毒婦のように語られている。義父や叔父と爛《ただ》れた関係にあるだの、学院中の男を手玉にとっていただのと言われ放題だ。バイレッタの美貌を妬んだ者や商売敵、夫のかつての恋人たちの僻《ひが》みのようだ。誹謗中傷《ひぼうちゅうしょう》もいいところだし、そもそも興味がない。仕事に没頭しているので、余裕がないともいえる。つまり放置しているのだ。

その噂を知っている叔父は昔から心配はしていたが、むしろ噂を利用してバイレッタに余計な男が近づかないよう牽制《けんせい》として使っている。そのため積極的に噂の火消しを行わない。

サミュズは母の弟にあたる。商家の次男の出だが、いつの間にか家を出奔して商売を始めた。それがハイレイン商会だ。二十年以上かけてハイレイン商会は帝国のみならず大陸全土に店舗を構える大店《おおだな》になり、今でも成長を続けている。奔放さや商魂たくましいところは叔父に似たのだとバイレッタは自負しているほどだ。だから彼に油断できないなどと評価されるのは釈然としない。

叔父は世間からは随分悪どいことにも手を染めていると囁《ささや》かれているが、真実ではなくやっかみが多分に混じっている。自分と同じく悪名を轟《とどろ》かせて、利益を得ているのだ。自分も同じ方法を辿っているだけである。

叔父の場合は涼やかな顔とは対照的に腹の内は苛烈であることを知っているので、噂を強く否定することも難しいところではあるが。

商いの関係で忙しい両親に変わって母が叔父を育てたようなもので、すっかり感謝して親の言うことより母の言うことばかり聞く。父と結婚する時は、大反対をしたのが祖父ではなく叔父だというところでも察することができる。父は相当いびられたらしい。その時の記憶が甦《よみがえ》るからか父は今でも叔父を恐れている。

だからこそ母によく似たバイレッタをとても可愛がってくれた。

結婚せずに商人が向いていると力説して、十五歳の小娘に一軒の店を与えるほどの溺愛ぶりだ。表向きは店を仕切っている店長の名前になっているが、資金はすべて叔父が出してバイレッタの好きなように経営させてくれた。それが今の店の前身だ。成人を迎えてからは名義はすでに自分に変えている。

愛されている自覚はある。そしてその分、いろいろと気苦労もかけていたらしい。

「結婚したといっても顔を見る間もなく戦地に向かってしまわれましたので、実感すらありませんよ。落ち着くなんて無理ですって。それに嫁ぎ先では実家以上に自由にさせていただいていますわ、ご存じでしょうに」

「自由と言いますが、お義姉様はお父様に凄《すご》くこき使われているのですわ。今日の午後も屋敷にいろと朝食の席で命令されていましたもの。また何かしらのお仕事のお話です」

「なんだって？」

ミレイナが表情を曇らせて告げ口すると、サミュズの顔色も変わる。

「もうミレイナったら。いつも大丈夫だと言ってるでしょう。叔父様が心配することではありません。領地のことに関して少しだけ相談相手になっているだけです。領地の収支報告書を読まされたり、最近の市場動向を聞かれたり、まあ世間話に付き合わされるようなものですよ。時折、領地にも連れていかれましたが、最近はめっきりなくなりましたし」

「なるほど、昔教えたことが役立って嬉しいよ。私の姪は本当に敏《さと》い。賢くて可憐だからね。だがそうなると不思議だな。最近、スワンガン領地はあまりいい噂を聞かないから」

いつもの叔父のお世辞が始まったかと聞き流そうとして、最後の一言に不穏な空気を感じて身が引き締まった。

「そんな話をどこからお聞きになられたのです。スワンガン伯爵の領地経営は上手くいっていると報告を受けていますし社交界でも特に悪い噂は聞いていないのですが」

バイレッタが嫁いだ頃に比べて随分とまともになった。何せ嫁いだ頃は義父が領地経営に全く興味を示さず領地にいる使用人に丸投げしていたのだ。領地に足を踏み入れたことも数年単位でなかったらしい。国から行政査察官が派遣されており、その報告書を読むだけの簡単な仕事だと嘯《うそぶ》いていた。それに気がついて義父の首根っこを摑まえて領地に強制連行したのは今となってはいい思い出である。一緒に馬車に乗って領地に向かう間、盛大に文句をつけられ、未《いま》だに義父には恨み節をぶつけられるほどではあるが。なぜ自分が領地に領主を連れていかなければならないのか。領主の監督者ではないのだが、とバイレッタ自身が何度も心の中で文句を言い続けたのは仕方がないことだろう。

領地にいる執事頭からも時折嘆願書のような手紙も送られてくるが、それほど逼迫《ひっぱく》した様子は感じられなかった。いや、そもそも領主に送るべき嘆願書がバイレッタ宛に来ること自体が問題なのかもしれない。多少の危惧は抱くべきだったかと反省しつつも、社交にもよく付き合わされるがおかしな様子はない。領地の噂も上々で、悪い話は聞こえてこないのだ。

「それは上手く隠している者がいるからだ。敏い商人たちがあそことはあまり大口の取引はしないように注意しているほどだからね」

「あら、物騒なお話ですこと。詳しくお聞きしてもよろしいでしょうか」

上目遣いで叔父を見やれば、彼はとても嬉しそうに破顔した。

「もちろんさ。と言いたいところだが、時間がかかるから報告書をまとめておいたよ」

手に持っていた封筒を差し出して、サミュズは片目をつぶってみせる。バイレッタは礼を述べながら受け取った。

屋敷に戻ってから義父を問い詰めなければならないだろう。

「それからもう一つ、こちらは喜ばしい報告だ。隣国が降伏勧告を受け入れたそうだ」

「エトー様、それはどういうことです」

ミレイナが驚きつつ声を上げた。

「休戦協定が結ばれる。事実上の終戦だ。近々新聞報道されるだろうけどね。つまり君のお兄さんが帰ってくるんだよ」

「え、お兄様が？　お、お義姉様、ど、どういたしましょう⁉」

常々、スワンガン伯爵一家には、終戦となってアナルドが戦地から戻ってくることが決まったら離縁するつもりであることは伝えてあった。義父は渋々だが、義母も義妹もどちらも大賛成してくれた。冷たいアナルドの姿を知っているからだろう。彼を夫にしていても幸せにはなれないと面と向かって言われてもいる。

戻ってきたところで、バイレッタに関心すら抱かないだろうと二人は太鼓判を押してくれたが、それならば尚更《なおさら》、離婚しておきたい。

すでにバイレッタは二十四歳になってしまったが、まだまだやりたいことがいっぱいだ。戦争が終結したら、帝都は復興に湧くだろう。需要が伸びるのだから、商売も好調になる。今までの比ではない。

商売人のバイレッタの頭は目まぐるしく回転する。売りたい物も買い付けたい物もまだまだたくさんあるのだ。自分に無関心な夫に邪魔されるわけにはいかない。

「順次南部戦線から撤退させていると聞いたが、下級兵士たちが最初だろう。君の夫は佐官として指揮をとるためにまだ前線基地にいるだろうね」

「離縁状を送りますわ、さっそく動かなくては」

「お義姉様、少し寂しいけれど応援しております」

「ありがとう、ミレイナ。叔父様も教えていただきありがとうございます」

「晴れて姪が自由になれるのだから、協力は惜しまないよ。上手くいけば一緒に南西に買い付けに行かないか。面白い鉱石を見つけたんだ。君も気に入る」

「叔父様ったら気が早いんですから。でも楽しみですわね。すぐに、お義父様に会わなくては」

バイレッタは微笑を浮かべてはいたが、伸ばした背筋から立ち昇る気配は尋常ではない気迫に満ちていた。

スワンガン伯爵邸に戻るなり義父の執務室に駆け込んだ。真っ当な商人が手を引くと言われた時点で、どうにもきな臭い話になると踏んではいたのだが、叔父から預かった報告書を帰りの馬車の中で読んで息を飲んだ。

その報告書は領地の穀物について書かれており、実際の収穫量から算出された納税分の数字が異なると告げていた。つまり、横領だ。

ワイナルドからはちょうど、午後に領地を見回っていた査察官が報告書を持ってくると聞いたので、離縁状を送る件は一旦置いて同席を申し出た。領地の仕事は領主の務めだと義父に丸投げしていたのがよくなかったのだろうか。だが、これは義父の怠慢だ。

義父を問い詰めたい気持ちをぐっと抑えて、やってくる査察官を警戒しつつ待ち構えた。

「それはもう領民も食べる物に困るくらいの有様《ありさま》で……」

義父に言われた通り昼食を食べ終わった頃現れた査察官は、悲痛そうに顔を歪ませ語った。肩を震わせ俯くさまは憐《あわ》れみを誘うほどだ。

執務室の応接セットでテーブルを挟んで対峙《たいじ》するが、迫真の演技にしばし言葉を失う。だが、義父は憮然《ぶぜん》とした面持ちのまま、冷たい声で告げた。

「追加で物資を送っただろう。なぜ、まだ足りていないんだ」

「いえ、それは配りましたが。今年は出産が多かったので、足りなくて」

義父の隣に座っていたバイレッタは、問いかけた。

「不作なのに、多産だったのですか」

「え、はい」

「死産や死者は今どれほどになっています？」

「は、ああ……ええと、こちらに確か……これですね」

査察官が出してきた書類を受け取り、領民の人数と出産数、死産数、死者数の数字を追っていく。ざっと眺めて、思わず眉根を寄せてしまう。

「あの、例年と変わりないように見えるのですが」

「そりゃあ、そうですね」

「え、でも不作で物資も足りないのに、死者数は変わらないんですか？」

バイレッタの質問に、査察官の顔色が変わった。悲痛な表情を通り越して本当に真っ青だ。今にも倒れそうなほどで、義父も様子がおかしいと瞬時に悟ったようだ。

「どういうことだ」

「すみません、書類不備のようです。たぶんどこかで数字を間違えたものをお持ちしてしまったのかと」

「ふざけるな！」

義父が一喝して立ち上がる。

そこからの行動は早かった。査察官をすぐに締め上げ吐かせた。彼によると、領地に置いている執事頭からの指示だというのだ。

その後、査察官を憲兵に突き出した。余罪を確認してもらっているところだが、基本的には領地の問題は領主が解決することとなっているため、憲兵からの情報など期待できない。これ以上彼が罪を重ねないように牢《ろう》に入れてもらうだけだ。

二人きりになった執務室で、憤る義父に目を向ける。

「何が経営状態は問題なし、だ。問題だらけではないか」

「素直で他人を疑うことを知らない善人の鑑《かがみ》のようなお義父様のことですから、報告書を型通りに受け取ってよく見もせずに、査察官を帰しておられたのでしょう。ざっと調べただけでも数年単位で穀物の収支が合わないように思います。とにかく領地に行って、お義父様がしっかり監督なさったほうがよろしいかと。いつも数日足らずで戻ってこられるのでおかしいとは思っていたのですが。監督不行き届きですわよ」

「ぐっ、相変わらず生意気な口をききよって……領地の視察に時間をかけたところで何も変わらん」

そんなわけないだろうという文句は飲み込んで、バイレッタは努めて冷静に告げる。

「どうも怪しい人物たちが、穀物を横流ししているようですよ。それも隣国に流れているのだとか……」

「どこから聞いた？」

「商売人には商売人なりの情報網がありますわ」

サミュズから渡された報告書に書かれていた内容をちらつかせれば、ふんっと義父は鼻を鳴らした。

「では、お前もついてこい」

「私がですか？」

「移動を含めて、十日ほど領地行きに付き合え。できるように、仕事を調整しろ。そうだな、こちらの資料も集めねばならんから一ヶ月以内には向かう」

「そんな無茶な。新作ドレスの発表も控えておりますのに……今シーズンの流行の発信が……」

「領民とどちらが大事だ？」

なんだその仕事か私どちらが大事みたいな新妻あるあるな質問は。父より年上のワイナルドから言われるとは思わなかった。可愛くないし、きゅんともしない。しかし、夫がいなくても横暴な義父がいれば、嫁は従うしかないらしい。

こうしてスワンガン伯爵家の領地への視察が決定されたのだが、バイレッタの本日の用件は査察官の報告だけではなかった。

「お義父様、終戦協定が締結されたことをご存じですか」

「ああ、そんな話を聞いたな。締結されたのか。そういえば息子宛に式典参加の招待状も来ていた。それが祝勝会ということだろう」

「そのようです。ですから、以前に頼んでいた離縁状を夫に送りたいのですけれど」

言いながら用意していた離縁状をワイナルドの目の前に差し出せば、彼は中を一瞥《いちべつ》して鼻を鳴らした。

「随分と皮肉げな内容だが、離縁したいというのは本気だったのか」

見知らぬ夫へ宛てた手紙を皮肉げと言うが、バイレッタにとってみれば嘘偽りのない事実である。そこには終戦を聞き、離婚したい旨をしたためてある。それ以外にどう書けというのか。

「送ることは構わんが、息子から返事が来ないことには儂にはそれ以上どうすることもできんぞ」

「いえ、これ以上お義父様のお手を煩わせるわけにはいきませんもの、一筆いただけるだけで結構ですわ」

顔も見ずに戦地に向かった夫だ。自分に執着される覚えはないのであっさりと離婚に応じてもらえるとは思っている。何事も不測の事態というのは起こるものだが、今回のことに関しては手紙を送ればおしまいになるだろう。

「そんなに別れたいものなのか。別に嫁ぎたい相手がいるわけでもあるまい」

「私はそもそも嫁ぐつもりはありませんでしたから。夫に縛られるのはごめんですわ」

「息子は束縛するよりは好き勝手させるだろう、今の生活となんら変わらん」

「それでも妻という立場上、夫に付き合わなければならないことも多いでしょう。妻にしてほしくないこともあるでしょうし。外国への買い付けも許してはくれないでしょう？」

「どこまで口を出すかはわからないが、外国へは簡単には行けないだろうな」

「それが苦痛なのです。商機を逃がしてしまうかもしれないことに恐怖を覚えるのです。そもそも商品の買い付けは自分の目で見てきちんと確かめてから行いたいですね」

バイレッタが力説すれば、義父は呆れたように息を吐いた。

「根っからの商売人だな」

「褒め言葉をありがとうございます。ですから、身軽になりたいのですわ」

「好きにするがいい。だが領地への査察は付き合ってもらうぞ。終戦が締結したといってもすぐに戻ってくるわけでもない」

「そうは言ってもいつ戻ってくるともしれない相手ですよ。早々に立ち去りたくはあります。そもそも領地問題は本来ならばお義父様のお仕事ですからね」

「ふん、最初に指摘したのは貴様だ。だから最後まで責任を取れ。そのために、しばらくは屋敷にいろ。どうせ息子は戦場から戻ったところで屋敷に寄り付きもしないからな」

義父は淡々と口にする。確かに親子仲は悪いようで、使用人の誰に聞いてもバイレッタの夫がこの屋敷に顔を出すことはよほどのことがない限りないと断言しているほどだ。

「わかりましたわ、領地にはご一緒させていただきます」

確かに手紙を送ってもすぐに戻ってくるわけではないだろう。引き上げてくるとしても興味のない妻に会いに来る謂《いわ》れもない。荷造りは済んでいるのでいつでも出ていける状態ではあるのだし、一ヶ月は義父に付き合わなければならない。

それにどこかほっとしているくらいには、この家に未練があるらしい。

「おかしなことですわね、お義父様にはこき使われた覚えしかないというのに……ここでの生活が意外に楽しかったようですわ」

「貴様は相変わらず歯に衣《きぬ》着せぬ暴言を。せめて淑女らしく淑《しと》やかに感謝したらどうだ」

「まぁ、お義父様こそ変わらぬ褒め言葉のセンスですわね。最後まで矯正できなかったことが悔やまれますわ。不徳の致すところで申し訳ございません」

殊勝に謝ってみせたバイレッタに、義父はなんとも言えない表情で口を真一文字に閉じた。だがこれ以上彼の機嫌を損ねるのは危険だ。一筆書かないとごね始めるかもしれない。

「穀物の件はこちらでも少し調べてみますから、お義父様は一筆書いてください」

譲歩案を出して義父を宥《なだ》めつつ離縁状に一筆書いてもらい、伯爵家の家紋を封蝋として捺《お》してもらった。

翌日には戦地へ宛てて送ったが、半月経っても返事がこない。帝国新聞にも休戦協定が正式に締結したことが載っていたので夫が戻ってくるのは間違いないはずだが、郵便事情が悪化しているとしてもこれほど返事に時間がかかるとは思えない。

訝しみながらも、領地視察を行う日は近づいてくる。バイレッタは日々の忙しさに追われてしまったのだった。


ワイナルドはこれまでの領地の報告書を集め、帝都にある資料はなんとか目を通したらしい。領地視察に向かう日を四日後と定めたので、バイレッタも仕事を片づけつつ準備をしていた。

そんな夜更けのことだ。

ふっと部屋の中に気配を感じて、バイレッタは目を覚ました。辺りはまだ暗い。カーテンの隙間から差し込む月明かりだけが唯一の光源だ。

寝室だから自分一人だけのはずである。それなのに、力強い視線を感じるのだ。

ついと顔を横に動かすと、ベッドの傍らに男が立っているのがわかった。シルエットとぼんやりと表情が読み取れる程度の視界の中、悲鳴を飲み込んでゆっくり体を起こした。

寝起きのぼやけた視界から、ややはっきりとした輪郭を現した男は随分と整った顔立ちをしていた。切れ長の目、高い鼻、薄い唇。どれをとっても恐ろしいほどに形がいい。

「初めまして、旦那様。こんな姿で申し訳ありません」

「ふふ、初めまして。もう深夜ですからね、寝着姿が当然ですよ。どうして俺が夫だとわかりました？」

低い声は存外、耳に心地よく響いた。楽しげに笑うさまも、好感が持てる。冷徹、冷酷とにかく冷ややかに語られる男の表情が柔らかい。意外だ。噂はどこまでも噂でしかないと知る。

だがバイレッタは、横に立っている男から何か沸々と怒っているような冷たい印象を受けた。何か気に入らないことでもあるのか、不機嫌を押し殺しているような。

自分の項《うなじ》がピリピリとする。

こんな感覚がする時は注意を要することが多い。困った客しかり、義父からの無理な仕事の押し付けという嫌がらせしかりだ。

「ここは夫婦の寝室だと言われました。堂々と女の寝顔を眺められる方など限られますもの。いつこちらにお戻りになられたのです？」

この屋敷に嫁いだ時に、夫婦として与えられた部屋の説明を受けた。もともとは夫の母が使っていた部屋らしい。アナルドの私室と繋《つな》がっており、それを夫婦の寝室に替えたとのことだ。夫の私室の隣に夫婦の寝室があり反対側がバイレッタに与えられた部屋だ。三つの部屋は繋がっており、寝る場所は夫婦の寝室ということになる。

「屋敷に戻ったのはつい先ほどですよ」

そう言う割には簡素なシャツにスラックスといった出《い》で立《た》ちだ。軍服ではなく、平時の服装に違和感を覚える。たった今、戦地から戻ってきたとは思えない落ち着きようだ。だが、そこには触れずに労《ねぎら》う。

「お疲れ様でした。ぜひゆっくり休んでください」

「そのつもりですが、貴女《あなた》とは早めに話をしたほうがよろしいかと思いまして」

彼は手に持っていた封書を掲げてみせた。バイレッタが一ヶ月ほど前に南部戦線に送った離縁状である。無事に相手に届いたようではあるが、安堵《あんど》とは程遠い空気感に包まれている。

どういう意味だろうか。双方合意の上、離婚に応じてもらえると考えていたが、彼からはそんな雰囲気を感じない。背中を伝う冷や汗に耐えながら、バイレッタは殊更ゆっくりと口を開いた。

「こんな夜更けに、いったいどのようなお話かしら」

「まあ終戦が決まった途端にされる離縁話ほど突飛な内容ではないことは確かですね」

怒っている。

これは相当に。

静かな声音はむしろ凪いでいる。どちらかといえば、機嫌がよさそうなと言ってもいいほどだろうが、なぜか激しい怒りを感じた。

バイレッタは舌打ちしたくなった。顔を見るつもりもなかったので、離縁状だけ送り付けてさっさと逃げ出すつもりだった。まさか相手が引き留める方向に動くとは予想していなかったからだ。むしろ喜んで離縁に応じてくれるとさえ考えていた。

だがやり方を間違えたらしい。こうなると、男の思考を読むためにもう少し彼を知る必要がある。

「申し訳ありません、旦那様。顔も見ずに前線へ向かわれるほどに多忙な方のご負担を少しでも減らしたつもりでした。お帰りになられても、お仕事でお忙しいでしょうし、あまり煩わせるわけにもいきませんものね」

「そうですね、確かに俺は仕事ばかりですし、私的な時間はほとんど取れないでしょう。ですが初めて戦場に届いた妻からの手紙でしたから、少々浮かれてしまったようだ。まさか離縁を切り出されるとは思ってもみませんでしたからね。焦ってしまったのは確かです」

全く焦っていないような口調で静かに告げる。男は一旦言葉を切ると、こちらを探るように口を開く。

「俺と離縁したいとのお考えは今も変わりませんか？」

「ええ、それは……もちろん」

「顔も見たことがないという理由ならば、今こうして顔を合わせて話しているわけですし、成立しませんよね。それ以外にも何か理由がありますか」

「八年間も放っておかれれば、十分に離縁の理由になるかと思いますが」

「なるほど。ですが、戦時中という特例ですし、よその夫婦も同じようなものなのでは？　しかも終戦直後にこのような話を持ち出すのは、戦場にいた夫を少しも労《いたわ》ろうという気がないんでしょう」

　もちろんお疲れ様だなとは思うが、別に自分が慰めなくても噂の美貌の夫なのだから引く手数多《あまた》だろう。実際、薄暗い視界ですら彼の容貌が整っていることはわかる。彼の妻になりたい者など両手の指の数以上に存在するだろう。おかげでバイレッタは嫉妬と羨望を受け社交界で散々陰口を叩かれているのだから。希望者が他にいるのに、そちらに任せたいと考えてはいけないのだろうか。

　なぜ、自分に執着するのかわからない。

「旦那様こそ、顔を見たことのない妻など不必要でございましょう」

「俺の立場上、妻帯者というのはとても都合のいいものなのですよ。これから軍の行事に参加しますが、同伴者が妻だと無用な争いは生まれませんからね」

　なるほどこれが本音か、とバイレッタは内心でため息をついた。

　つまりお飾りの妻がいたほうが、彼にとっては仕事がしやすい環境なのだろう。そんなものやりたい人がやればいいのだ。自分が付き合う義理はない。

　妻という立場を押し付けられると考えたからこそ彼が戻ってくる前に逃げる算段をつけていた。彼はバイレッタには興味がないと決め付けていたので離婚にあっさり応じて、新しい妻を娶《めと》ってくれると考えていたのだ。しかし突き付けられた現実は予想外のものだった。

自分の迂闊《うかつ》さに腹が立つ。

つまり彼は新しい妻を探す手間すら惜しいと告げているのだ。そんな面倒くさがりだという情報は得ていなかった。

「ですが手紙の一つも書かず、八年間一度も顔を見せに戻ってこなかったのも事実です。なので、貴女の離縁したいという申し出を無下にはできません。ですから、ここは一つ賭けをしませんか？」

彼は離縁状を送り付けたことを当てこすったが、彼が言っている話も十分に突飛な内容ではないか、とバイレッタはすかさず思ったのだった。

「賭け、ですか？」

戸惑いつつ尋ねれば、アナルドは小さく頷いた。

「ええ。貴女が勝てば離縁に応じましょう。ただし、俺が勝てば一生妻でいてもらいます」

「殿方は本当に賭け事がお好きなのですね。生涯のことをそんなお遊びでお決めになられる……」

「では、やめますか。貴女は籠の鳥のまま、俺に囲われて終わるだけですよ」

男というのはどうして主導権が自分にあると思い込めるのか。傲慢な台詞に呆れ返りつつも、結局女という立場にある自分には選択権などないにも等しい。

これまで積み上げられてきたバイレッタの矜持《きょうじ》に密《ひそ》かに火が灯《とも》る。

「どちらを選んでも自由がないのなら、足掻《あが》きますわ」

「ふっ、それでこそ貴女だ」

今が初対面のはずだが、彼は自分の何を知っていると言うのだろう。それほど底の浅いつもりはないのだが。

苛立《いらだ》たしさを隠して首を傾《かし》げてみせる。

「それで賭けの内容は？」

「人生を賭けるのだから相応のものでいかがでしょう。一ヶ月、俺が貴女を抱いて赤子ができるかどうか、というのは」

「なっ」

さすがのバイレッタも言葉に詰まった。

今まで後生大事にとっておいたというよりも興味もなくこの年まで来てしまった。さすがに生娘というには薹《とう》が立つ年齢だ。だが実際に生娘なのだから仕方がない。だが、愛してもいない男に肌を許せるわけもない。それが賭け事ならば尚更だ。

しかも、子供とは。

生まれてくる命の扱いのなんと軽いことか。戦争をしていると兵の数は命でなく単なる数字に思えるという。長引く戦火に彼の感覚が麻痺《まひ》しているのか。それとももともとの性格だろうか。

一方で、一ヶ月我慢すれば自由になれると囁く声もする。赤子が一ヶ月抱かれただけでできるかどうかはわからないが相手に分の悪い賭けであるようにも思われた。

子供が欲しいと嘆く夫婦の話はちらほらと聞く。

これは夫なりの最大限の譲歩なのでは、と脳裏に浮かぶ。いや人を馬鹿にしていることには変わりない。なぜこれほどに嫌悪に近い憎悪を向けられているのかバイレッタにはわからなかった。

そもそも嫁いでくる時に夫に純潔を散らされるのだろうと一度は覚悟をした身だ。もちろん逃げ出す算段ばかりつけてはいたが。つまり抱かれることは仕方ないと諦めていた。

譲れないのは、一つだけ。

それでも自由が欲しい。

「どうされます？　俺は貴女がこのまま妻でいるというのなら受けなくても一向に構いませんが」

「内容を再考いただくわけにはまいりませんわよね」

「多少のリスクは覚悟の上なのでは？」

「なぜ妻にリスクを問うのです」

「戦地にいた間放置していた俺も悪いのですが、離縁したいと我儘《わがまま》を言う妻の要望を聞き入れるのですから、双方それなりのリスクが必要ではありませんか」

妻の我儘ときた。

引っ掛かりはするが自分は商売人だ。

商いをする上では、確かにリスクを覚悟している。だが、回避できる手立てを打つのが一流の商人だ。吟味する時間もないうえに、目の前の男が意見を変えないだろうことは容易く予想できた。

「わかりました、一ヶ月ですからね。約束は守ってください」

「ええ、守りますよ。なんなら、念書を書いてもいい」

「では、ご用意していただけますか」

「わかりました。これで了承と受け取りますよ」

彼はそう言うなり突然、バイレッタの上に覆いかぶさってきた。

「な、なんです？」

「賭けの始まりですよ。まずは初夜といきましょうか」

「しょ、初夜⁉　まだ念書をいただいておりません！」

「でも申し出を受け入れてくれたでしょう。どうせ今やっても後でやっても、やることは同じです」

「や、やるって……きゃあっ」

文句を言おうとする前に、あっさりと寝着の合わせを広げられた。

まろび出た乳房にカッと顔に熱が集まる。

抱かれる覚悟をしたのは八年前だ。突然戻ってきてまさかすぐに求められるなどと誰が想像できるというのか。混乱する頭を羞恥が襲う。

「何するのっ」

「妻の体を確認しているだけですよ。思ったよりも綺麗な体ですね。ほら、隠さないで」

夫が胸を隠していた腕を外して頭の上でまとめてしまう。暗いといってもカーテン越しに差し込む月の光や廊下から漏れる光で十分に視界は利く。隠すこともできずに上から下までじっくりと眺められて、羞恥がいや増す。

「腰はこれほど細いのに、なんとも豊かな胸ですね。これで何人の男を誘惑したのやら……」

どういう意味だと問う間もなく、夫は胸に手を添える。与えられる刺激に自然と甘い声が零《こぼ》れた。ピリッとした刺激が腰に響く。

初めて感じる愉悦に戸惑いながら、必死で体を宥めるが全く効果はない。

「待って、やあ……変なの」

「感じているだけですよ。素直に悦《よ》がってください」

ゆっくりとなぞるように下りていく手に全身が戦慄《わなな》く。触れられるだけで甘い声が止まらなくなる。

初めて体を触られているというのに、抵抗らしい抵抗もほとんどできない。未知への恐怖を感じるかと思えば、そういうこともなくむず痒《がゆ》くなるような感覚に襲われるだけだ。

混乱する頭は次第に靄《もや》がかかったように働かなくなる。自分に裏切られたかのようなショックを感じた気もするがすぐに思考は千々に乱れた。彼の手も舌も信じられないほど気持ちがいい。体中にぞくぞくとした快感が走り抜ける。

そのまま彼の手が細い脚を持ち上げたが、ぼんやりとして彼のなすがままだ。

「いい子ですね。ほら、舐《な》めて」

口元に彼の細くて長い指がつき出された。夢うつつのようなぼんやりした頭では言われた通りに舌で舐めとってしまう。それだけなのに、心が不思議と高揚してくる。

不意に指が引き抜かれた。

「ん……」

「そんな物欲しそうな声を上げなくても、すぐに満たしてあげますよ。ほら、こちらのほうがいいでしょう?」

彼の指で内側に小さな火花が爆《は》ぜた。あまりに強烈な感覚に思わずアナルドの体に縋りついた。

「あっ、んんっ……なにっ」

「初心《うぶ》な振りなどしなくても、きちんとしてあげますよ。心地いいでしょう」

彼の指で体の奥の熱がどんどん大きくなる。えも言われぬ愉悦が広がり、顔も声も蕩《とろ》けさせていく。

「ああ……っ」

「淫らな体だ。物足りない顔をしてないで、欲しいのはもっと奥ですか」

激しく翻弄され声が抑えられなくなる。ひっきりなしに続く嬌声《きょうせい》に彼は口の端を上げた。

「思う存分に乱れて構いませんよ、俺に妻のことを教えてください」

こうして八年越しの初夜はゆっくりと過ぎていくのだった。

◆　◆

アナルドは初夜に疲れて眠ってしまったバイレッタをベッドに置き去りにして、風呂にでも入ろうかと寝室に置いてあったガウンをまとった。

明け方の部屋は薄暗いけれど、何がどこにあるかくらいは見える。情事の後とは思えないほど淡々と行動するのはいつものことだ。

だが昨日は、さすがの自分もやりすぎたかもしれない。久しぶりに怒りに似た激情に駆られた。そんな気持ちで女を抱いたのは初めてだ。戦場にいた時にも性欲を抑えることは難しくなかった。相手がいなくても己を鎮める方法はいくつもある。そういう点ではアナルドは潔癖だといえるかもしれない。

そんな自分が気に入らない女を嫌がらせで抱けるのか不思議だったが、存外あっさりと情事に及べたことに拍子抜けした。彼女も行為は及び腰で抗議するような声も上げるが、実際はひどく悦《よろこ》んでいるように見えた。悦ばせるつもりはなかったが、おかげで腹立たしいほど煽《あお》られたのは事実だ。自然と手荒に抱いてしまった。

結婚は上司命令だ。興味もなかったので上司には根性があって肝が据わっている女性が希望だと伝えた。面白そうに笑っていた彼が相手を紹介してきてうっかり受けてしまったのがすべての始まりか。

戦場が人生を面白くするのかと思えば、答えは否だ。けれど終戦に向かった途端、物足りなくなったのだから少なからず戦場は自分に刺激を与えてくれたのだろう。だが、その程度。しばらくは大きな戦争もない。内紛だのと小競り合いに駆り出されるかもしれないが、そう頻繁には起こらないだろう。

気落ちしていたところへ、顔も見たことのない妻からの手紙が戦場に届いた。

そういえば、結婚したのだったと思い出しながら手紙の内容を見て、多少期待したのがいけなかったのだろうか。手紙の内容は確かに挑発的で根性が据わっているように思えた。それから存在を忘れていた顔も知らない妻に興味を持ってしまったのだが。

帰還命令を受け帝都に戻ってきて一週間余りが過ぎている。実家に戻らず軍から支給された部屋にひっそりと戻って嫁に関する情報を集めてみると、とんでもない毒婦だった。

噂では大商人として有名な叔父との爛れた関係から始まり、帝都一のスタシア高等学院では級友を相手に刃傷沙汰を起こし、自分との婚姻後には父と懇ろになり、さらにスワンガン領地に三度ほど行っただけで信奉者を募っているらしい。全部が全部体の関係があるとは思わないが、こんな相手を勧めた上司に殺意すら抱くほどの不快さに眩暈《めまい》を覚えたほどだ。確かに度胸があって肝が据わっている。条件にはぴったりだが、それにしてもひどい悪女だ。

そんな妻からの離婚の要求だ。さらに条件のいい相手が現れたのか、それとも単に義父との関係を切りたいだけか。どちらにせよ、己には全く関係のないことで逃げようとしている妻に初めて激しい感情が湧いた。

この自分をここまで滾《たぎ》らせるなど、大したものだと感心してしまったほどだ。

「なんとも大層な女を嫁に貰《もら》ったものだが、離縁したいと言う相手の願望をすんなり叶えるのも業腹か……」

離婚には応じよう。ただし、相手にもそれなりの仕返しをしたい。アナルドの頭脳は綿々とした計画を立て、この賭けを思いついた。

情報を集めて準備を整えたアナルドは深夜に妻が寝ている寝室へと忍び込んだ。

そっと足音を忍ばせて近づくと、漏れる月明かりの下、女がすやすやと眠っていた。あからさまに父と一緒に寝てはいないらしい。

月明かりの僅かな光では髪色まで鮮やかにはわからないが、美しい女であることは目を閉じていてもわかった。影を落とすほど長くカールした睫毛《まつげ》に、つんと上を向いた形のいい鼻。ぽってりとした官能的な唇も、上掛けに隠されたなだらかな曲線も。散々男を誑《たぶら》かしてきたと思わせるには十分だ。

これが、己の妻かとしげしげ眺めていると、ふっと瞼《まぶた》が震えてゆっくりと開かれた。

女はベッドサイドに立つアナルドに気がつくと体を起こし、声を上げるでもなく静かに問いかけた。なんとも肝の据わった女だ。しかも冷静に自分が何者かを判断している。本当に寝ていたのかと疑わしく思うほどだ。

数々の男の間を渡り歩いてきただけはある。

さてどうやって賭けを切り出すかと様子を窺っていると、彼女はさっさと休むように告げてくる。部屋から追い出そうという気配を感じて、アナルドは意地になった。

己の妻は戦場に行った夫を労うこともなく、利用するだけ利用して出ていくつもりか。過剰に期待した自分が愚かだったと言えばそれまでだが、何度言い聞かせても、やはり腹の奥から沸いてくるどす黒い感情を消すことはできなかった。

心の機微に疎い平坦《へいたん》な人形のような自分だが、馬鹿にされて呑気《のんき》にしていられるほど感情がないわけではない。

賭けを切り出せばさすがに息を飲んだ彼女が、なんとか了承した途端に寝台へと押し倒す。子供なんて欲しいわけじゃない。ただ、馬鹿にしたかっただけだ。これまで男に抱かれても一度も子を産まなかった女に、その条件を突き付ければどんな顔をするのか純粋に見たかっただけ。

当然、彼女を一生妻にするつもりもない。意趣返しができれば後は適当に放置するだけだ。そもそも自分には仕事もあるので彼女にかまけていられるほど暇でもない。一ヶ月というのは自分にあてがわれた休暇の期間だ。だからといってせっかくの休暇を丸々使うのも馬鹿らしい。

だが、結局は賭けを了承した妻に後悔した。よほど勝算があるのか。もしかしたら子供の産めない体なのかもしれない。そうまでしても、自分の妻という立場から逃げたいと思う理由をアナルドは想像できなかったし、考えもしなかった。

そのまま肢体を暴いていく。

何人の男がこの体に触れたのか。自分がその中の一人になる。別段嫌悪は抱かない。ただ、父と同じ相手を抱くのかと思うと、複雑な気持ちがするような気がする。気がするだけで、それは些末な感情の揺れだった。

これまで抱いた女に初めての女はいなかった。後腐れのない相手を選べば必然的にそうなる。だからこそ、彼女の中が随分と硬く、狭くてもそういう体なのだと深く考えなかった。濡《ぬ》れてはいるし、行為自体は問題なく続けられる。

情報を分析して、詳細に解析する。

いつも仕事でやっていることを、なぜこの夜の自分は行わなかったのか。

正しい道筋、答えはいつも目の前にあるというのに。初夜を振り返る度に、アナルドはなんとも言えない気持ちになる。だが、何度思い返しても、やはりあの時の自分には気がつけなかったのだろうという結論に達するのだが。


――そうして、衝撃的な朝を迎えるのだった。


今、アナルドは明るい朝日の中、眠る妻の横で絶望に打ちひしがれていた。

状況が全く整理できていない。頭の中は真っ白だ。いや理解はしている。ただ受け付けられないだけで。

風呂から戻ってきて、自分の部屋で寝なおすかと思いながら何気なく捲《まく》れた掛け布団を辿り真っ白なシーツを凝視している。正しくは、その上に落ちた染みを。

血痕。

大きさは胸につける勲章程度のもので、致命傷にはなり得ない。

戦場ではよく見るものであり、自宅ではあまり見ないもの。いや刃物で指を切れば見ることもあるかもしれない。だからなんだと自身を嘲笑う。

動揺している自覚はある。それほどの僅かな血痕に、人生すべてが根底から覆るような衝撃を受けたのだから。

◆　◆

バイレッタが朝目覚めると、夫の姿はなかった。

隣は随分冷たくなっているので、早くから抜け出したのだろう。もしかしたら、隣で寝ていなかったのかもしれない。そう思わせるほど乱れた様子のないシーツがある。

バイレッタは新しい寝着に着替えさせられ、体も拭き清められていた。アナルドが整えたのだろうか。怒りのままに初夜を行ってさすがに反省したのかもしれない。そんな殊勝な性格には見えなかったが、とにかく心当たりは夫しかいないのだ。

まるで昨日の夜のことがなかったかのように整えられていても、生憎と夢だったのではという錯覚は起こらなかった。声を出しすぎて痛めた喉も、股の間に何かが挟まっているような異物感も、はっきりと感じることができたからだ。己の体に裏切られた感覚は未だに消えない。あれほど乱れるのも前後不覚に陥るのも自尊心がいたく傷ついた。

だが、賭けでは一ヶ月はアレに付き合わなければならないらしい。夫の口車に乗せられたような不快感もあるが、早まったと後悔しても遅い。

何度繰り返しても自分は体を差し出すだろう。それほどに離婚して自由が欲しい。夫に縛られるだけの人生は嫌だと心が叫ぶ。

なんにしてもバツの悪い状況だ。義父や義妹と顔を合わせるのが気まずい。あれほど夫と入れ替わりに出ていくと告げていたのに、その期間が一ヶ月伸びてしまうのだから。心の中で盛大に悶《もだ》えてしまう。体以上に精神が参って予想以上の疲労感を覚えながら体を起こしていると、部屋に入ってきた夫と目が合った。

朝の柔らかな陽光の中で見る彼は、夜とはまた違った淫靡《いんび》さがある。昨夜と同じような簡素なシャツにスラックスというシンプルな格好がさらに彼の美を引き立てていた。

そんなに人の美醜に興味がないほうだと思っていたが、彼の顔を見ればなんとも綺麗な男だと実感した。とても三十代だとは思えない。絹糸のように細い柔らかな灰色の髪に、エメラルドグリーンの切れ長の目は艶やかな光を湛《たた》えている。

透き通る白磁の肌は、シミ一つない鮮やかな白さだ。

「あ、ああ、起きていたんですね」

「ええ。すっかり寝坊してしまいました。申し訳ございません」

「え、いえ。その……無理をさせたのは俺なので……体は大丈夫ですか」

昨晩とはえらく態度が違う気がする。明け方まで初心者相手に好き勝手したくせに。

耳年増であるバイレッタは閨事《ねやごと》の手技や用語だけなら知識が豊富だ。ご婦人方を相手に商売していれば、それなりに知恵もつく。昨日のはきっと言葉攻めというものだと思い至ったが、羞恥が煽られてわけがわからなくなったのも事実だ。新婚初夜にぶっ込んでくる技ではないだろう。鬼畜の所業だ。

そんな相手なのだから、この言葉も素直に受け取らないほうがいいのだろう。これは盛大な嫌みなのかもしれない。

寝起きで喧嘩を売られても、働かない頭では碌に答えを返せない。

「お気遣いいただきまして、ありがとうございます。それに服も着せていただいたようで……」

平気とはとても言えないが、余計な口をきくのも億劫《おっくう》だ。言葉を濁せば、彼はひどく慌てたように言い訳をした。

「いえ、あのままにしておくと俺の罪悪感が恐ろしいことに……いや、すみません」

何に対して謝っているのだろうか。彼はひどく険しい表情をしていて、なんとも苦々しげではある。口にしているのはおそらくバイレッタへの謝罪だろうが、表情と一致しない。

そもそもなぜ彼に謝られるのか、解せない。

昨夜の傲慢だった彼はどこへ行ってしまったのか。

「お腹《なか》が減ったでしょう、下に朝食の準備もできています。ミレイナたちは先に食べてしまいましたから、こちらに運びましょうか」

ミレイナの名を聞いて、不意に優しい義妹を思い出した。朝食の時間になっても顔を見せない義姉を心配しているかもしれない。何かを察したのだとしたら多感な年頃の少女に悪いことをしてしまったと反省した。

「あの子、何か言っていましたか」

「叱られたというか、牽制されたというか……妹というのはおっかないものだと知りました」

「は？　それはあの可愛いミレイナのことですか」

「俺の妹は一人だけだと記憶していますが」

あんなに大人しくて花が咲くように可憐な娘が、おっかない？

誰か別の人と勘違いしているのではないかと疑いたくもなる。彼女が怒っていると

ころなどほとんど記憶にないほどなのに。

「下に朝食を食べに行こうと思います。着替えてもよろしいかしら？」

「もちろん、どうぞ」

「ありがとうございます、ではお言葉に甘えさせていただきますわ」

「…………」

バイレッタが動くのを待っているかのような夫の態度に、ちらりと視線を向ける。

なぜかじっと観察されている。エメラルドグリーンの瞳には猜疑心《さいぎしん》が浮かんでは、戸

惑うように揺れている。とりあえず、噂の冷血狐は微塵《みじん》も感じられない。

「あの、着替えたいので出ていってもらってもよろしいでしょうか」

「あ、ええ。そうですね。では下にいます。何かあれば呼んでください……この態度

……いや、やはり騙《だま》されているのか」

アナルドはそっぽを向きながらもブツブツと独り言《ひとご》ちて寝室を出ていった。

「なんなの？」

夫はもっと頭の切れる人物だと聞いていたが間違いだったのだろうか。ひどく狼狽《うろた》えているような姿は、どちらかといえば愚鈍ではないか。

腑《ふ》に落ちない気持ちになりながら、バイレッタは着替えるために痛みを堪《こら》えながら寝台を抜け出すのだった。


夕食を終えて、バイレッタが自室で仕事関係の書類を眺めているとアナルドが部屋へとやってきた。

今日一日、屋敷でゆったりと座って過ごした。おもに、昨晩の行為のせいだ。もちろん職場には行けなかった。仕方なく書類を整理して過ごした。

文机《ふづくえ》に向かって一心不乱に書類を読んでいても、寝室へと続く扉が気になってあまり内容が頭に入ってこない。それでも一ヶ月は逃げるわけにもいかない。将来の自分の自由のためには多少の我慢は必要だ。

そう言い聞かせているところに夫がやってきた。

書類を伏せて、椅子から立ち上がり机の前に出て応対する。

「念書を持ってきました。内容に文句がなければ、サインしてください」

彼は部屋へ入るなり一枚の用紙を差し出した。書面をざっと眺める。

『一つ、契約の間は夫婦の生活を送る』

『一つ、上記期限は一ヶ月とする』

『一つ、上記期限の間に子供ができた場合は婚姻を生涯継続する。できなかった場合は離縁に応じる』

余計な文言もないシンプルな内容を見て、机に置くとバイレッタは名前をサインした。

「では、同意いただいたということで。そのまま、貴女が保管されますか？」

「そうですわね」

店の権利書や、商売用の重要な取引書類などを保管している金庫に預けようと心に決めて、いったんは机の引き出しにしまう。アナルドが部屋から出ていけば、すぐに隠してある金庫に入れる手はずを考えながら、立ったまま動かない夫を見上げる。

「まだ、何か？」

「では、さっそく夫婦としての仕事をしていただきましょうか」

アナルドが微笑んで、バイレッタの腰を抱き寄せた。

いつの間にこんなに近くにいたのか。あまりの素早さに、目を回す。

今朝、バイレッタの前に現れた彼はなんだか狼狽《ろうばい》していたようだった。何かに混乱していたように見受けられたが、いつの間に立ち直ったのか。今、彼の瞳には純粋に好奇心しか見つけられない。

「な、なにを……」

また昨日の夜のように体を貪られるのか。

いいように翻弄されて終わるのが悔しくてしょうがないが、アナルドの胸を押してもびくともしない。

「契約成立ですよ。同意しましたよね？」

「そうですけれど」

突然来られると心臓が落ち着かなくなる。すでに入浴を済ませているので、まるで準備万端みたいではないか。体を洗っていないのなら、時間を稼ぐ口実になったというのに。

「まだ、寝るには早い時間でしょう……」

「うん？　時間ですか……そうですね、八時ですから寝るには早いですけれど。少しでも早いほうがいいかと思いまして」

どれだけ時間をかけるつもりだ。また明け方コースは勘弁してほしい。明日こそは工場のほうに顔を出したいのに。

「半月後に祝勝会があります。夜会に参加するとなると、準備に時間がかかるでしょう？」

「は？」

祝勝会？

告げられた単語の意味がよくわからなくなってしまった。

「女性の用意がどれほどかかるのか俺にはよくわかりませんが。男のように軍服を着るわけにもいかないでしょうから。ドレスなどの服飾だけではなく、宝石などの飾りから肌の手入れなどもあると聞いています」

「なんのお話、ですか？」

「聞いていませんか。この度の休戦協定のための祝勝記念式典が今月末に開かれるのですが、式典は日中に行って夜には軍関係者と家族を招いた祝勝会があるのです。参加の通知書が届いていると思っていましたが。こちらではなく、軍の部屋のほうに届いているんですかね」

「ああ、いえ。お義父様からお話は伺っていますわ」

義父がアナルド宛の招待状が来ていると話していた件だろう。

その夜に祝勝会と称した夜会が開かれるのか。だが、今月末とは。

「パートナーの同伴が祝勝会の参加条件ですので、ぜひとも一緒に行っていただけますよね」

にこりとしたアナルドの笑みが悪魔の微笑みに見えた。なまじ顔が整っている分、凶悪に見える。勘違いしていたことにバイレッタの羞恥が一気に増す。

顔が熱くなったが、できるだけ平静を心がけた。声がうわずらないように、忍耐を総動員する。

決して、夜の行為を期待したわけではない。そもそも相手の言い方も悪いのではないか。というか、あの念書の夫婦生活という範疇《はんちゅう》が存外広い意味で使えることにも愕然とした。

「わかりましたわ」

「ありがとうございます」

手持ちのドレスに軍服に添えるようなものはない。新たに頼むにしても日数が限られている。宝石については心当たりがあるが、明日には店に頼みに行かなければ半月後の祝勝会には間に合わないだろう。

羞恥からドレスの算段まで目まぐるしく変化する心を必死で宥めているとお礼を告げた形のいい薄い唇がすっと近づいてきた。と思ったら、深く口づけされている。そのまま吐息ごと奪われた。

戸惑う心は舌ごと絡めとられる。

「は……っ何を」

「もちろん夫婦生活ですよ、同意したでしょう」

バイレッタが驚いてしまうほど己の体はアナルドの与える口づけに従順だ。抵抗らしい抵抗もできずに、昨日の夜に与えられた快楽を期待して震える。

狼狽える気持ちもあるのに、体が心を裏切る感覚に舌打ちしたくなる。

「まだ体が辛《つら》いんです」

「なるほど。では加減しましょう」

「やらないという選択肢はないんですか」

「せっかく賭けをしているのだから妻の勝率が上がるようなことはしませんよ。俺にまだ知らない妻を教えてください」

横暴で知略を優先する冷血漢。

まさに噂通りの夫だ。賭けに負けたくないから妻への気遣いは後回しということだろう。結局はこうなるのだ、と諦めに似た気持ちを必死で飲み込んだ。

彼はバイレッタの心情を全く察することもなく、ひょいと彼女を抱えると隣の夫婦の寝室へと運んでいく。物のように扱われるが、思いのほか手つきが優しい。そっと寝台の上に下ろされ、彼はゆっくりと寝台のへりに手をついた。空いたほうの手で部屋着のワンピースのボタンを外される。広げられた襟ぐりから辿っていく夫の唇が優しく肌を嬲《なぶ》り、手のひらが体に燻《くすぶ》る熱を高めていく。

その動きは昨夜とは全く違う。まるで別人に抱かれているかのようだ。

「どういう心境の変化ですか？」

寝台の上に横たわりながら、ぼんやりと夫を見上げれば彼は少し苦しげに息を吐いた。だがそれだけだ。答えをはぐらかすように、そのまま深く口づけられる。舌が絡めとられ、宥めるように口腔《こうこう》を嬲られる。

高められた熱は体を蕩けさせて、思考も溶けた。与えられる刺激は優しいのに植え付けられる快楽は苛烈だ。

ひたすら与えられる熱を逃したくて息を吐けば、驚くほど甘い吐息に変わる。

そうして昨夜とは全く異なるとびきり優しい夜が訪れるのだった。

第二章　領地視察と夫の思惑

アナルドとおかしな賭けをして三日後、かねてよりワイナルドに頼まれていたスワンガン領地を、訪れることになった。

不作だと告げられた領地の実際の穀物の取れ高を調べて、その穀物の横領の証拠を押さえ、なおかつ主犯に白状させることが目的になる。それを実質一週間ほどで成し遂げると言い切る義父も凄いが、バイレッタにどれだけの仕事を押し付けるつもりかと考えると頭が痛くなる。

帝国の東側は帝都から続く山間で、標高もやや高い。開拓により街道を敷いてはいるので行き来はできるが移動に二日はかかる。だが半月後に祝勝会を控えているため夜も明けない時刻に出発してどこにも宿泊せずに馬を交換させて走り続ける計画だ。おかげで領地には翌日の昼頃には着くことになる。

帝都よりもやや気温が低い。季節的には真夏の頃だが、それほど暑さは感じない。過ごしやすいはずだが、移動中の馬車の中は冷え冷えとしている。

どうしてこうなったとバイレッタは内心で頭を抱えていた。

義父を連れて数年前に何度か訪れた時には、これほど暗澹《あんたん》たる気持ちにならなかったはずだ。

「なぜ、あやつがいるんだ」

「わかりません。ご自身でお聞きになればよろしいのでは？」

それほど広くない馬車の中、向かい合わせに座りながらコソコソと耳打ちしてくる義父にバイレッタは顰《しか》め面《つら》を向ける。

バイレッタの隣には目を閉じて静かに眠るアナルドがいる。

相変わらず彫像のように整った美貌の持ち主だ。目を閉じていると精巧な人形にしか見えない。本当に美しいフォルムに感心はするが、極力視界に収めないようにしている。純粋に、腹立たしいからだ。

彼が今回の視察に同行する事情など全く知らない。何も聞いていないのだから。

昨日の夜にスワンガン領地に向かう必要ができたのでしばらく帝都にいないとバイレッタは夫に告げた。彼はわかりましたと頷いた。

これでしばらくは夫婦の夜の生活はしなくて済むと胸を撫でおろした。スワンガン領地には一週間ほどの滞在予定だ。今月末に開かれる予定の祝勝会までには戻るつもりだが、一ヶ月のうちの三分の一は夫と過ごさなくてもいい計算になる。念書には一緒にいることとは書かれていなかったので、別に規約違反をしているわけでもない。

だが翌朝用意された馬車に向かうと、所在なさげに扉の前に佇《たたず》んでいた夫に驚いた。エスコートされるままに馬車の中に乗り込んで見送りにきてくれたのかと問うと、その後に続いて乗り込んだ夫を見て言葉を失《な》くす。

彼が了承したのはバイレッタが向かうことではなく、自分が向かうことだったのだろう。最後にやってきた義父も座席に収まっているアナルドの姿を見て一瞬で顔色を変えた。自分の息子だろうにどれほど苦手にしているのかと普段ならば揶揄《やゆ》するところだが、そんな気分にもならない。

アナルドは様子のおかしいバイレッタたちを無視してさっさと眠り込んだ。

それからは移動中の馬車の中は緊迫した空気が満ちている。

「いいか、そやつの監督責任は貴様にあるからな」

「そんなものを押し付けられても困ります。査察に協力しませんよ」

「馬鹿なことを……どうせ後々困るのは領民だ。貴様は罪のない領民を苦しめる道を選ぶのか」

「人道的なことを仰っていますけど、内容は最低ですからね。ご自身の息子の面倒まで押し付けられるのは困ります」

「お前の夫だろうが」

「他人ですよ、八年も放置されていたお飾りの妻にそんな権限があるわけないでしょう」

「ふん、そやつは家を出てからほとんど家に寄り付きもしない息子だ。会話らしい会話などした記憶もない。一ヶ月は夫婦として一緒にいると決めたのだろう。ならば貴様のほうが儂よりよほど多く会話しているからな」

「お義父様、ご自身で仰っていて悲しくなりません？」

仲が悪いとは聞いていたが、ここまでとは思わなかった。憐れみを込めて告げると、ワイナルドはふんっと鼻を鳴らしただけだ。

「随分と仲がいいんですね」

静かな声が響いて、バイレッタはぎょっとして横を向いた。ぱちりと開いたエメラルドグリーンの静謐《せいひつ》な瞳とぶつかる。

彼はいつから起きていたのだろう。

「仲がいいわけないだろう、お前の目は節穴か。このふてぶてしい態度をよく見ろ。生意気な小娘は義父を敬うこともせん。お前も多少は注意してもいいだろうに」

「あら、お義父様、それは申し訳ございません。今すぐに馬車を降りましょうか」

「すぐにそうやって領地を盾にして脅してきよる。お前が降りたら領地は誰が見て回るのだ。人の足元を見るのがそんなに楽しいか」

「ご自身の力量不足を棚に上げて他人を詰《なじ》ることだけは一人前とは恐れ入りますわ。ぜひとも見習わせていただきますわね」

「この小娘めっ」

おほほと笑えば、苦々しげに吐き捨てた義父の歪んだ顔が見える。

アナルドはふうんとよくわからない相槌《あいづち》を一つ打った。

「やはり仲がいいんですね」

彼の真意がどこにあるのか、バイレッタにはわからない。無表情な顔で考え込む姿に快不快を見出《みいだ》すのは難しかった。

不意にアナルドがそっとバイレッタの手を取ってしげしげと眺める。さらりと撫でられる感触はどこか官能的で心臓が知らず跳ねた。骨ばった無骨な手は彼の顔立ちからは想像できない。だが、長い指は綺麗で芸術的だ。顔が整っている男は手も整っているのだなと妙に感心する。

だが、その指が自分の体を這《は》ったのだと思い出して赤面してしまう。思わず手を引っ込めた。

「な、なんです？」

「いえ、随分と硬い手だなと思いまして……」

深窓の貴婦人の手でなくて悪かったわねとバイレッタは叫ぶのをぐっと堪えた。

剣を扱うので手の皮は硬く剣だこすらある。淑女のような柔らかくて傷一つない手とは全く異なるのは知っている。

「触り心地が悪いので、ご不快でしょう。二度となさらないでいただきたいわ」

きっぱりと断ると、彼は首を横に傾げた。何が腑に落ちないのか。

勝手に人の手を取って難癖つけてきてまだ何か言いたいことがあるのか。だが彼は何も言わずに窓の外へと視線を外した。いったいなんだと問い詰めたい気持ちとこのままそっとしておくほうが懸命だと忠告する声が同時に聞こえた。

夫の行動は全くもって理解できない。

これほど早くに領地に着きたいと願ったのは初めてだ。

そのまま一日半を居心地の悪い空気の馬車の中で過ごして、ようやく翌日の昼頃には視察を行う最初の村に到着した。

長閑《のどか》な小麦地帯の中にある小さな集落だ。

領地へ移動してすぐに仕事を押し付けてくるワイナルドは相当にやる気に満ちてい

る……などということではなくて、嫁を存分にこき使ってやろうという魂胆が見え見えだ。

当の本人は腰が痛いだのと文句ばかり言う。日程を組んだのはワイナルド本人だが、祝勝会が悪いなどとぼやいている。

とにかく渋る義父を馬車から降ろし、なぜか無言でついてくるアナルドと三人で村を見ることになった。

事前の連絡があったのだろう。村長の歓迎を受けて小さな村の様子を見て回っていく。バイレッタはふと村長と義父から少し離れて作業をしている村人に近づいた。

ちょうど畑を耕していた男は、バイレッタを見つめてぽかんと口を開けた。戦地から男手が戻ってきてはいる。彼が軍役に就いていたかはわからないが、構わずに話しかけた。

「最近、雨は多いですか」

「こ、今年はあまり降ってこない……です」

無理やり丁寧に話そうとしてくれる様子に、バイレッタは申し訳ないと思いながらも質問を続ける。

「そうなんですね。収穫に影響しますか」

「そうでもないが、今年も収穫は多いほうです。水に浸《つ》からなかったからダメになるのが少ないです」

「最近、この辺りで見知らぬ人たちを見かけましたか」

「いや、見ないが。ここいらは顔見知りばかりだ、よそ者が来たらすぐにわかる」

男はびっくりしたようにいつもの調子で話し出した。

「もし見かけたら領主館にお知らせください。そのうち都からも軍が派遣されるでしょうが、少し時間がかかりますものね」

「盗賊でも出るのか。随分と大がかりだな……です」

「そういう情報を聞いたので、領主様が見回りを強化されるそうですよ」

「ああ、領主様の……お貴族様がこんなところで何かと思ったが」

領主のことを話しても男に悪感情はないらしい。普通は働きもしない領主は嫌がられるものだが。バイレッタが知らないうちに、義父が何か手を打ったのか。いや、やはり領地に残っていた者たちが頑張ったからだろう。だからこそ何年も放置できたのだろうし。

「何か他に要望があれば、いつものように村長に話してください」

ほかの村人たちにも同様の質問をしている時に、アナルドがやってきた。なぜか問い詰めるような鋭い瞳をしている。何か機嫌が悪くなるようなことでもあるのだろうか。

「ここで何をしていたんです。随分と村人と距離が近いようですが。夜の相手の物色ですか」

「何を馬鹿なことを……」

夜の相手の物色？

アナルドが自分を放置しているからといって、体が疼《うず》いて眠れないということは決してない。夜はぐっすり眠れて快適だ。やはり一人寝の良さを実感しているのに、なぜわざわざ村人を誘惑しなければならないのか。領地に向かう際は馬車の中で寝ていたのであまり快適とは言い難かったが。

カチンと来て、バイレッタは夫を鋭くねめ付けた。

「少し話を聞いていました。最近は雨が少ないらしくて、今年も豊作らしいですよ。やはりかなりの穀物の量が流れていると考えられます。それと少しだけ餌を撒《ま》きました。獲物が食い付いてくれればいいですけど」

「餌ですか？」

村人たちから足早に離れながら、彼らに聞こえないように仕方なく口を寄せて、こっそりと耳打ちすれば彼はやや目を瞠った。

バイレッタはふふんと勝気に微笑んだ。

「もし食い付かなくても、また別の手立てを考えますけどわりと成功率は高いと踏んでいるんです。貴方がいらっしゃるから信憑《しんぴょう》性が増しますもの」

「俺が？　何に利用されているのか聞きたいところではありますね」

「種明かしは後です。上手くいったら教えてあげますよ」

バイレッタは辛らつに言い捨ててずんずんと進んでいくと、小さな川に架けられた橋に出る。橋の向こうに義父たちの一行が集まっているのが見えた。進もうと一歩橋に足を出したところで、後ろにいたアナルドに強く腰を抱かれた。

「きゃあっ」

背後から夫に抱きしめられていて、若干足が宙に浮いている。

今度はなんの嫌がらせだと怒りを覚えたが、思わず背中越しにしっかりした筋肉を感じて言葉に詰まった。この男は細身に見えて、軍人らしいしなやかな筋肉の持ち主だ。恐ろしいほどの美貌の持ち主なのに麗人に見えないのはその体軀のおかげだろう。

実際、村に着いた時の村人の視線を独り占めしていた。いつものことなのか、彼は少しも表情を変えなかったが。

「突然、なんですか」

「この橋は老朽化していて、近々新しいものに架け代わるそうです。明日にはよそから男たちが修繕に来る予定だそうですよ」

彼が話す度、首筋をくすぐるように息が吹きかけられる。ぞくりと腰が疼いて、バイレッタは思わず暴れた。夜を思い出すなんてどれだけ自分の体は好き者なのかと悔しくなる。一人寝を喜んでいたのは事実なのに。寂しいなんて絶対に気のせいだ。

「わかりましたから、放して」

彼の腕の中でもがくけれど、力強くしっかりとバイレッタを固定したまま解放する気配がない。

「暴れると本当に怪我《けが》をしますよ」

「ひゃあん……そこでしゃべらないで！」

彼の吐息を吹きかけられて、全身が熱くなっている。真っ赤になっているのがわかるのに、アナルドは少しも構わず話し続ける。

「迂回《うかい》はあちらです」

架けられた木製の橋は確かにボロボロで朽ちている。今にも踏み抜きそうではあった。アナルドが示すほうに視線を向けると、板を渡しただけの簡易の橋があった。

「助けていただいてありがとうございます、だから放してくださいっ」

衆人環視の中、どんな羞恥プレイを強いられているのか。

恥ずかしくて泣きたい。

体を繋げた相手ではあるが、バイレッタには異性と触れ合う経験は皆無だ。こんなふうに密着して抱き上げられた記憶など父とだってない。そしてこれほど恥ずかしいものだとも知らなかった。

だがバイレッタの葛藤など露程も思いやることもなく、夫は感慨深く息を吐いた。

「どうにも難しいものですね」

「簡単ですよ、手の力を抜けばいいだけです！」

真っ赤になりながら叫ぶと、アナルドは首筋をぺろりと舐めた。

首筋を這う生暖かい感触に、かっと肌が熱くなった。

「あまりに美味《おい》しそうで」

「お腹が減ったなら食べ物をご所望くださいっ」

からかわれて、遊ばれている！

解放されたバイレッタは首筋を押さえながら、羞恥に身悶《みもだ》えつつ怒鳴るのだった。

最初の村の視察を終えて、夕方にスワンガン領主館に着くと、心底ほっとした。

高い塀に囲まれた門の間を過ぎ木立を抜け、前庭につける。その先に帝都にある家よりも広大な年代ものの屋敷が見えた。古めかしいが、きちんと手入れの行き届いた建物はどこまでも美しい。夜中だというのにあちこちに灯りがついており明るい。奥には尖塔《せんとう》があり、その横にはいくつかの倉庫がある。それだけで裕福な領地経営であることを物語っている。

執事頭のバードゥが恭々《うやうや》しく頭を下げて出迎えてくれた。

「お帰りなさいませ、旦那様」

「うむ。しばらく滞在する」

義父に続いてバイレッタとアナルドが降りれば、執事頭は目を丸くした。

「若様？」

「うん、久しぶり」

十数年ぶりの再会のはずだが、なんとも軽い挨拶だ。だがさすがは執事頭である。すぐに笑みを深めた。

「戦地から無事にご帰還のこと、お慶《よろこ》び申し上げます」

「ああ」

「若奥様もさぞご安心されたことでしょう」

「そうね」

口を開けば余計なことを言いそうで、バイレッタは極力短く答えるが怪訝《けげん》に思うこともなくバードゥは穏やかに頷いた。

「しかし先日、査察官殿が帝都へ戻られたばかりですよ。何かありましたか」

「まあ少し確認することがあってな。お前が気にする必要はない」

「左様ですか」

バードゥはそれ以上何も言わずに、屋敷へと案内した。

査察官からは執事頭の指示で穀物の横領をしていたと聞いているが、彼は少し疑わしそうな視線を向けただけだ。ばれないという絶対の自信でもあるのだろうか。もしくはあまり追及しては疑われるのではないかと恐れているのか。

聞きたいことはあるだろうに取り付く島のない義父の態度に、どう話をしようか考えているのかもしれない。

こっそり義父を見やればいつも通りの尊大な様子でバードゥの後ろを歩いている。さぞや気を揉《も》んでいるのかと思えば、そうでもないらしい。内心はわからないが、外面的には動揺は見られない。

それほどの興味がないと言ったらどうしてやろうかしら。

「若奥様のお部屋はいつもの場所ですが、寝台が狭いので夫婦でご一緒はできません。若様の部屋はその隣にご用意するということで、よろしいでしょうか」

「ええ、構いません」

突然来ることになった夫が悪いのであってバードゥが悪いわけではない。もちろん部屋が別で困ることもない。むしろ夫とは部屋が別と聞いて胸を撫でおろしたほどだ。彼が異論を唱える前に素早く頷くと、アナルドがバイレッタの耳元に囁いた。

「部屋が別とは困りましたね」

メイドの案内で部屋へ向かいながらちらりと夫を見やると、相変わらず何を考えているのかわからない無表情だ。全く困った様子はない。ちなみにこの移動の間は馬車の中なので、そんな素振りを大っぴらには見せず、手を取られたくらいだ。ワイナルドもいたので当然だろう。

「あら、ゆっくりと眠れてよいのではありませんか」

帝都からほとんど休みなく馬車の中で揺られていれば、相当に疲れが溜《た》まっている。何より寝台が恋しい。

「そうですね、一緒だととても眠れませんからね。どうにも貴女のぬくもりは、妙に癖になります」

「左様ですか。では、ぬいぐるみを抱いて眠ることをお勧めいたしますわ」

言い回しが微妙で、意味がわからない。それはつまりどういう感情だろう。妙な癖になるから不快ということか。喧嘩を売られているということだろうか。

バイレッタは腹立たしく思う気持ちにも不愉快で足音荒く、与えられた部屋へ向かうのだった。

けれど、夜になってみると自分にあてがわれた部屋にアナルドの姿がある。彼の部屋は隣のはずだ。

夕食後にソファに座って資料を読み込んでいたバイレッタは一旦顔を上げて、部屋の入り口に立つ夫を見つめた。無表情は変わらないが、夜に妻の部屋に忍んできたという妖しげな雰囲気はなかった。

「どのようなご用事でしょう」

「こちらには何度か来られたことがあるとか？」

領主館の使用人にでも聞いたのだろうか、不思議そうに彼が尋ねた。バイレッタは頷きつつ、いい機会だと考え背筋を伸ばして夫を見つめた。そもそも領主の妻になったわけでもない自分がなぜ頻繁に領主館に顔を出しているのか。

夫が疑問を持つまでもなく、自分だっておかしいと感じる。

だが、これぱかりは事情があるのだ。

「そうですわね。お義父様が来たくないとごねられたので無理やり連れてきました。おかげで皆から大変感謝されまして」

「は？」

「お義父様が悪いのですわ」

バイレッタはこれまでの経緯をアナルドに語って聞かせる。

ワイナルドが領地に顔を出したのは、伯爵を継いだ当初だけだった。そこで前妻が出産、さらには子育てに突入したためアナルドは生まれてからしばらくは領地で生活していた。対して義父はまだ軍人でもあったため領地にいることが少なかった。だが来ていただけましかもしれない。

前妻が亡くなってからはさっぱり寄り付かなくなってしまったからだ。もう二十年以上前の話だそうだ。領主が領地に顔を出さないだなんて異常だ。呆れ返って言葉もない。肺を患って退役したと同時に妻が亡くなり、帝都で酒浸りの生活を送っていたと聞いている。

最初のうちは、嘆願書なども頻繁に届き、領地を見回ってほしいとの声も多かったがいつの頃からかその声もなくなった。一年に二度、査察官を送っているが問題はないとの報告に執事頭を筆頭に領地を上手く経営できていると思っていたらしい。何かあれば今回のように金や物資を送っておしまいにしていた。挙げ句には碌に報告書も読まず決裁していたというのだから、怠慢どころの騒ぎではない。

査察官が隠しもせず馬鹿正直に報告書を作ってきたことが不思議でならなかったが、義父の態度に納得してしまった。確認されないのだから、途中で偽装することも放棄したのだろう。

しかし長年国の審査も通っているのだから、ワイナルドばかりを責められない。なぜ通るのかと疑問は尽きないが、今は領地の件が先だ。

義父は自分がいなくても領地経営が回ることを知って、ますます酒に逃げたとも言える。

バイレッタが来てひとまず酒をやめさせ、しばらくしてから領地の仕事を全くしていないワイナルドに気がついて領地に引きずってきたのだ。その時のバードゥを筆頭とした使用人の驚きといったらなかった。幽霊が出たとでも言わんばかりに悲鳴が上がり、上へ下への大騒ぎだった。領地に向かうと知らせを送っていなかったのかとバイレッタが問い詰めると、義父は本当に来ることになるとは思っていなかったと嘯いた。つまり知らせを出していなかったらしい。もちろん腐った彼の性根を剣の稽古と称して叩きなおしてみたほどだ。

おかげでバードゥをはじめとした使用人一同のみならず、噂を聞き付けた領民たちから崇《あが》められている。ある意味、凄く居心地が悪い。おかげで、バイレッタの足が遠のき、ここ二、三年は義父だけを領地へ送ることにしていた。それがよくなかったのだろう。

こんな穀物の大量の横領が見つかるとは。

いや、だがこれは自分の仕事ではないとも思う。つまり、義父の仕事がいい加減であることが原因だ。きっちりと調べてまた吊《つ》るし上《あ》げてやると心に誓う。

「――というわけで、貴方にもぜひご協力いただきますわ。お義父様に領地の仕事をするように諭してくださいい」

「なるほど……信奉者というのはそういう意味か」

「どうかされましたか？」

「いえ、こちらの話です。それで、今読まれていたのは？」

「スワンガン領地の税収に関する資料です、それ以外にも水害などの災害の報告書と修繕の記録なども含まれていますわね。お義父様から丸投げされました。ええもちろん大丈夫です、きっちりと仕返しはさせていただきますから」

　不敵に微笑めばアナルドは少し目を瞠って、ふっと口角を上げた。だがそれは僅かな表情の動きで、次の瞬間にはいつもの無表情に戻っていたが。

「それはそれはお手並み拝見といきましょう。それで明日はどうされますか」

「少し見回りたいところがありますの。別にお付き合いいただかなくて構いませんが」

　視線を上げれば、しげしげと自分を見下ろしているエメラルドグリーンの瞳とぶつかった。そのまま、一つ口づけを落とされる。

　ごく軽く、小鳥が啄《ついば》むようなキスだ。

「ご一緒しますよ。では、明日に」

　アナルドは何事もなかったかのように部屋を出ていき、残されたバイレッタは真っ赤な顔のままプルプルと震える。

　あの男は夜中に戻ってきてよくわからない賭けを申し込んで勝手に初夜を済ませた自分本位の身勝手な男だ。難癖つけて妻を縛り付けたい最低男だ。だが次の日には驚くほど優しく抱いて翻弄したかと思えば、しばらく放置で全くそんな素振りを見せず過ごしたくせに、突然やってきたかと思えば口づけだけで帰っていく。

別に抱かれたいわけではないし、賭けには勝ちたい。回数が少ないほうが自分の勝率は上がるのでありがたいことだ。ありがたいことなのだが、どうして悔しい気がするのか。

二回抱いたら興味が失《う》せたとか。

あちらのほうが男女の仲の経験値は上だ。それはなんとなくわかる。手慣れているし、余裕がある。二十四にもなって恋愛経験なしの自分が簡単に勝てる相手でないことはわかっている。そもそも自分は処女だったのだし、どう考えても経験値が足りない。

彼がどこでそんな経験を積んだのかはどうでもいい。どうでもいいはずだがもやもやする。たぶん手玉に取られている感じが気に食わないのだ。翻弄されていいように弄ばれて、このまま終わるのも何か腹立たしく苛立つ。

主導権が向こうにある気がして、気に食わない。

だから自分の体に飽きたのかと落ち込む必要は全然ないわけで！

バイレッタは書類の束に拳を一つ落として、必死で自分に言い聞かせるのだった。

次の日の朝食後、近隣の村々を見て回るために領主館を出発する。義父ともちろんアナルドもついてくるので、天気はいいのに馬車の中の空気はとても重苦しい。街道ほどには整備されていない砂利道をがたごと進めば不快指数は上がるが、それ以上に馬車内の空気が悪いのだから悪路のほうがありがたい。おかげで余計な口をきかずに済む。

いくつかの村を見て回りながら、一部の地域の水害が問題だとバイレッタは気がついた。資料にも何年にも亘っての被害額が記載されていて、ワイナルドにそれとなく尋ねてみると、昔から水害が多いことは認識しているようだが、だからどうするという考えはないようだった。

仕方なく視察の途中で湖の見渡せる場所に立ち寄ってもらった。

別に夫の行動を頭から追い出したくて盲目的に領地の視察を増やしているわけではない。ないと思っているが、どうしても羞恥を振り払って頭を使うことばかり考えてしまう。

いや、とにかく今は領地の視察の話だ。

趣旨を説明すれば、義父は納得いかないような顔をしていたが、実際に見せてみれば顔つきも変わるだろう。

「こんなところにやってくる意味はあるのか」

「川が一度氾濫すれば作物が水没し穀物の収穫率が減るだけでなく、土砂で流された動物や魚の死骸を放置していればそこから疫病が発生します。不作の上に、疫病によって人が死ぬだなんてどう考えても対策を打つ必要があると思われませんか」

ぶつぶつ文句を零していた義父に実際の水害の被害を語って聞かせると、目の前に広がる水を湛えた湖を見て憮然と口を開く。

「それで、ここはどうする？」

湖の重要性は理解したようで、先ほどまで文句を言っていた姿はどこにも見えない。

ここに来てようやく領主らしさをアピールし始めた義父は、あちこち回ってはバイレッタに改善案を出させる。少しは自分で考えるか、専門家を雇えと言いたい。

だが、せっかくやる気になっているのだから、損なわせるのも領地や民のためによくないだろう。

「はいはい、話をはぐらかそうとする態度はわかっておりますが、乗ってあげますわね、お義父様。優しい義娘に感謝なさって？　こちらは水路を造ったほうがいいですわね。あちらの村近くまで引きましょう。そうすれば、少しは雨水や氾濫した泥水に浸かる範囲も少なくなるかと」

湖の近くに広がる長閑な村は、最近長雨が続くと村が水に浸かって大変なことになるらしい。

雨水で増えた水嵩《みずかさ》が湖の貯水量を優に超えて水が溢《あふ》れて流れてくるとのことだった。こうなってしまってはどこかに流すしかない。だが、溢れた水は肥沃な土壌をもたらす。その一方で病のもとにもなる。対処を間違えないように計画立てることが重要だ。

そのためには水量を管理して村に被害がないように水路を造るべきだ。

「戦争帰りの男手が戻ってきますから、造るのは今ですわ。ただ基礎は丁寧に造らなければ後で大変な目に遭いますよ。そのために専門家の方に一度見ていただくべきかと。基礎が固まれば一気に進めるのが無難でしょう。基礎工事だけでも、水害は今の半分に抑えられるでしょうね」

「そのような知識はどこから得られるのですか？」

バイレッタの横で景色を眺めていたアナルドが不思議そうに問いかけてくる。

「こやつは商売人だ。大方、金儲《かねもう》けに敏感なのだろう」

「ですから、こうしていろいろと助言させていただいておりますでしょう。もっと褒めていただいても結構ですわよ」

「貴様を図に乗せると碌なことにならんことは知っている」

「吹けば折れそうななよやかな女でございますよ、もう少し優しく労ってくださいな」

　ころころと笑えば、義父はふんっと鼻を鳴らしてそっぽを向いた。

　口で勝てないとわかるとすぐに拗《す》ねる。

「何か不愉快なことでも考えただろう」

「とんでもございませんわ、お義父様。このような素敵な場所に連れてきていただいて感謝しているのです。領地内の現状がよくわかりましたから」

「お前が儂を必要もなくお義父様と呼ぶ時はたいてい皮肉が込められていると、残念ながら気づいてしまってな」

「あら、お義父様。申し訳ありませんが、皮肉だけではないので改めさせていただきますわね」

「なるほど、こうして誤解が生まれるんですね……」

　アナルドが横でしきりに感心しているが、いったいなんの話かはわかりかねた。だが尋ねる前にアナルドが滔々《とうとう》と説明する。

「あちらの土地とこの土地を見れば、岩盤が脆《もろ》いのはあのあたりのようです。むしろこちらは堅いので動かすことはできないでしょう。削るなら、奥から手前へと水路を引くのが妥当かと」

指を動かして稜線《りょうせん》を辿り、バイレッタに示していく姿は随分と堂々としていた。今まで黙っていた彼は、地形を見つめつつ考えていたのだろうか。全く興味がないように見えたが指摘は的確だ。

「それはどうしてわかるのですか」

「岩の色が違うでしょう。斜めに斜線が走っているものと赤茶けたものでは種類が異なるのです。東で戦をしていた時は山をよく削りましたから間違いないですよ」

「お義父様、お聞きになりまして。やはり専門家をお願いしてくださいな」

「お前たちは怪しげな賭けをしていると聞いたが……存外馬が合うのではないか」

義父には一ヶ月だけ離婚が延びたとしか告げていないはずだ。どこから賭けのことを聞き付けたのか。アナルドとは会話らしい会話をしているところを見たことはない。ミレイナにはつい話してしまったので、彼女から聞いたのだろうか。

だが馬が合うとはどういうことだ。

「お義父様ってばもう耄碌《もうろく》されてしまったのかしら。先々が心配だわ、こんな大事業ですもの、後任の方に引き渡したほうがよろしいのでは？」

無駄口を叩くなと暗に告げると、義父は案の定真っ赤な顔をして小高い丘を下り始めたのだった。

領地視察三日目の昼下がり、バイレッタはアナルドについてきてほしいとお願いした。

彼は少々考え込んで無表情のまま頷いた。そのまま二人で馬車に乗り込む。行き先は馭者《ぎょしゃ》に伝えてあるので、着くまで待つだけだ。

「妻からのお願いというのは新鮮でいいですね」

「冗談など仰っていないで、真面目に確認してください」

「確認ですか。何をでしょう」

「着けばわかります。あまり話すと舌を噛みますよ」

相変わらずの悪路をゴトゴトと馬車が進みながら、バイレッタはひたすらに黙り込んだ。一刻ほどして目的地に到着すると、アナルドは馬車を降りて目を瞬かせた。

「ここは、先日来た村ではありませんか？」

「最初に視察した村です。覚えていますか」

「もちろん、覚えていますが。ここで何をしようと？」

バイレッタは村からやや離れた小高い丘の上で馬車を停《と》めさせた。思った通り、ここから村が一望できた。

「あちらを確認できますか」

バイレッタはまっすぐに腕を上げて、指し示した。

その先には村を訪れた時にアナルドが修理すると話していた橋があった。今、その橋の修理のために幾人かの男たちが集まっている。その中心には赤みがかった茶色の髪を持つ長身の男がいた。橋のたもとに立って、何やら指示をしているようだ。屈強な男たちがその指示に従って橋を組み上げていた。

きびきびとした動きは遠目からもよくわかる。

「なるほど、これは不思議ですね」

「やっぱり一目でわかりますか」

「そうですね。大工などが来るかせいぜい隣の村の男たちが来るのかと考えていました。けれど体つきが違いますし、動きも機敏だ。それに帰還兵の一個小隊がスワンガン領地に住みついたとは聞いたことがありません」

彼の視線は男たちの動きに注視している。確認してほしいことは詳細を伝えずとも察してくれたようだ。やはり夫は頭がいい。

アナルドの回答にバイレッタは満足げに頷いた。

「やっぱり狙い通りでした」

「妻が何を企《たくら》んでいるのか、興味が深まりましたね」

「言っておきますが、別に戦争を引き起こそうなどとは考えていませんよ。領地を守りたいのは私の願いでもあります」

「そんな気配があるのなら、すでに俺が軍を率いて貴女を捕らえていますからご安心を。それより、どうするつもりなのです」

「ですから、餌を撒いたと言ったでしょう」

笑顔を向ければ、夫は目を瞠って短く息を吐いた。

「妻の笑顔が油断できないと父がこぼしていた理由がわかりました」

「あら、お嫌いなお義父様の話をちゃんと聞いていらっしゃるのね。ですが、お義父様はなんでも疑ってかかられるので鵜《う》呑《の》みになさらないほうがよろしいのでは？」

「特に嫌ったことはありません」

バイレッタをワイナルドはよく油断ならないだの老獪《ろうかい》だのと揶揄するが、夫と義父がそんな会話をしているところを見たことがなかったので純粋に驚いていた。彼も義父と二人で会話することがあるのだ。

だがバイレッタの驚きは夫の無表情で返された。つまり特にこだわる必要のない相手ということだろうか。

「グズグズしていて相手に見つかっては問題ですから、今すぐ退散しましょう」

バイレッタはアナルドの返事を待たずに彼の背中をぐいぐいと押して、馬車へと戻るのだった。

そのまま領主館に戻ってバイレッタは深々と息を吐いた。

穏やかな日々とはかけ離れた目まぐるしい毎日を過ごしているが、決して自分の仕事ではないはずだと言いたい。自分は領主の妻になったわけではなく、その息子の妻のはずだ。肩書は。当の領主はひとまず資料を集めて対策を検討している様子は見受けられるのでよしとして、その息子は何をしているのか全くわからない。そもそも彼はなんのために視察に同行しているのか。未だに目的がわからないのだ。

視察をすればついてくるので、一緒に過ごすことも多い。時折、彼は軍人ならではの視点で感心するような話題も出すが、バイレッタをからかったり怒らせたりと余計なことも多い。

無駄に存在感があるのも問題だ。つまり無視することができない。別に口数が多いわけでも四六時中自分につきまとっているわけでもないのだが、いつの間にか傍《そば》にいて彼が話せばすぐにわかる。落ち着いた声音は、凛《りん》として聞き取りやすい。だからつい耳に入れてしまうし、聞いてしまう。たいていは忌々しい話しかしないので、印象に残るからだろうか。

部屋に一人でいると余計なことを考えそうだ。夕食の時間まで少しあるので、ガウンを羽織って庭を散策することにした。スワンガン領地に滞在する時は二、三日で帝都に戻っていたのでこんなに領主館をゆっくり見て回るのは初めてだ。

領主館の中庭は幾何学的な模様に植えられた芝生の外れに小さな花壇が一つある。何気なく眺めていると庭師とバードゥがやってきた。

「この花壇は奥様のコニア様が手ずから植えられたものなのです。ご病気に罹《かか》る前まで丹精込めて世話をしておられました。種類は当時から変わっておりません」

「そう。植物に造詣の深い方でしたのね」

スワンガン領地に適した小さな花が季節を移ろっても咲くように配慮されている。数種類の花々を見て、バイレッタは感心した。

「おわかりになりますか、若奥様。そうなのです、自然が好きなとても愛情深い方でした」

庭師が皺を深めて頷くと、バードゥも優しい瞳をしていた。

「当時は珍しいことに旦那様と恋愛結婚で。それはもう仲の良いご家族でしたよ」

「恋愛結婚？」

今のワイナルドの姿からは考えられない。

バイレッタの驚きに庭師は朗らかに笑う。

「若い使用人に話してもびっくりしますよ、今の姿からは想像もつかねえでしょう。若様はコニア様と本当によく似ておいでだ。すっかり大きくなった姿を見て使用人一同とても喜んでおります。ですが、旦那様にはお辛いことかもしれません。どうしたって奥様を思い出させる」

ここの使用人はアナルドの亡くなった母親を奥様と呼ぶ。帝都にいるミレイナの母は認めていないのだろう。こちらに来ることもないので問題はないのだろうが、時間が止まっているような違和感を覚えた。

「アナルド様はお小さい頃にはこちらに滞在されていたのよね」

「そうです。お生まれになられてからずっと領主館でご成長されて。学校に入るために帝都に戻られてからは一度もこちらにはいらっしゃいませんでしたが。奥様が倒れられた後には花壇の世話をよくされておられました。奥様によく花をお持ちになられて」

「母親想《おも》いの優しい方でしたな。それが軍人だなんて……」

庭師が声を震わせて俯く。

バイレッタは軍人であるアナルドしか知らないので、冷徹だの冷酷だのと言われているも噂も納得していたものだ。八年も放置された後におかしな賭けを持ち出して引き留められ初夜を済ませたことも軍人らしい合理主義かと思ったのだが。

昔を知る使用人たちにとっては病弱な母親を想う健気《けなげ》な少年だったのだろう。軍人などという姿は想像ができないに違いない。

「スワンガン領主館の天使様と呼ばれておりましたよ」

「げほ……っ」

何も飲んでいないのに、噎《む》せてしまった。

……天使？

なるほど、あれほどの美少年で病床の母の下に花を届ければそんなおかしなあだ名がつくことも頷ける。顔だけはとにかく整っている男なのだ。

笑ってはいけない、きっと彼らは本気だ。

バイレッタは話題を変えることにした。

「そ、そういえば、少し前に貰った手紙のことだけれど」

義父に嘆願書を送っても解決しないと悟ったバードゥはバイレッタのもとに時折領地の報告書を送ってくる。ちょっとした文通相手である。解決できそうなことなら手を貸してきた。もちろん義父の仕事だとは思うので、控えめに最低限だが。

査察官が来る前に届いた手紙は川が氾濫した場合の土嚢《どのう》の確認だ。今年は雨が少なく水害があまりないが、だからこそ土嚢を今のうちに確保しておきたいとの依頼だった。

「今回はその件で旦那様と若様がいらしたのではないのですか」

「それもあるけれど、アナルド様は別件よ。下見というか、まあ事前の情報収集というか。怪しげな一団がスワンガン領地に入り込んでいるという話を聞いたから帝都から軍を派遣してもらう予定なのよ。それを一個中隊にするか小隊にするかをアナルド様が見極めるというわけ」

「怪しげな一団ですか？」

「各村にも聞いて回っているの。もうしばらくしたら軍が来る予定よ」

「それはなんとも物騒なことですな」

「そんな話は聞いたことがありません」

茫然と執事頭が呻《うめ》くように答え、庭師がぽつりとつぶやいた声が重なった。

「これまでの報告書と視察の結果をまとめると、つまり五年分の穀物がどこかへ消えたことになる。もちろん少しずつだろうが、積もれば大きいものだな」

領主館の執務机に座りながら、義父がぎりりと奥歯を噛み締める。バイレッタはそんなワイナルドを見下ろすように机を挟んで立って、これまでの書類を眺めた。アナルドは応接セットのソファに座って目を閉じている。

領地内にある各農村で採れた穀物のうち領主館に収めた量を過去の記録と照らし合わせて五日ですべて確認した。五日はワイナルドが領地視察のために設けた期限でもある。ここ数日の慌ただしさを振り返ってバイレッタはやや遠い目になった。

義父は結果に相当ご立腹だ。

さすがに村々の資料を改竄《かいざん》することは難しい。数十の村の村長全員に頼むのはリスクが高すぎるし、作成するのは村長の下にいる者だから人数も多い。

どこかで中央に報告する者が出てくるからだ。また数ヶ所の村だけ改竄すれば、なぜ穀物量が減ったのか調べられる。火事が起こったことや村人の急激な増加など、やはり記録や村人の記憶と照合すれば虚偽かどうかは調べることができるのだ。

結果的にこの十五年で、五年分の収穫量に当たる穀物が誤魔化され、報告されていないことがわかった。豊作が三回あったが、不作として報告されていたことも大きい。

「領地の作物の四分の一は国へと献上する決まりだ。もちろん国庫の備蓄も兼ねているが、前線への補給物資としても使われている。今はこちらのほうが、割合が多い。まさか、これほどの量を報告していないとなると処罰は免れないな」

「いかがいたしますか？」

ワイナルドを窺うと、腕を組んだまま微動だにしない。

執務机の前に並べられた応接セットのソファに深々と座りながら紅茶を飲んでいたアナルドは我関せずと言いたげである。彼は領地を継ぐ気は全くないのだろうか。義父の領地経営の杜撰《ずさん》さが顕《あら》わになったというのに全く動じた様子がない。

バイレッタはふうっと息を吐いた。

「随分と余裕だな、小娘。伯爵家が取り潰されれば困るのはお前も一緒だろう？」

「あら、私、爵位にはもともと興味がございませんの。結婚すらしないで、身一つで生きていくつもりでしたから。どうぞお気になさらないでくださいな」

「本当に貴様という小娘は……とにかく知恵を貸せ。このままでは、そうだ、お前が可愛がっているミレイナも食うに困るほどの貧困にあえぐことになるぞ」

「でしたら、私はミレイナを連れてお店でも始めますわ。美人姉妹ときっと評判になること間違いなしですわね」

「ぐぬぬ、貴様……っ」

「そうですわねぇ。どうしてもというのなら考えて差し上げてもよろしくてよ、お義父様。その代わり、私のお願いを一つだけ聞いていただきたいわ」

義父ににこりと微笑めば、彼は戦慄した。美人が微笑んでいるのに、顔色を変えて震えるとはどういうことだ。あまりの素晴らしさに神々しく感じて畏怖したということだろうか。ならば、納得してあげてもいい。

「お前からのお願いだと？　どんな願いだ。内容にもよるぞ」

「そんな大したものではございませんわ」

「以前もそのようなことを言ったが、わりと大事になったがな」

アナルドにちらりと視線を向けた義父が、諦めたように息を吐いた。離婚の一筆を入れたために息子からつきまとわれたとでも言いたげだ。

「それはそれ、これはこれですわよ。ちょっと書いていただきたい書類がありますの」

「また書類とは。貴様は詐欺でも始めるつもりか？」

「まあ、まっとうな商売人に向かって失礼ですこと。もちろん、双方にとって利益しかない取引ですわよ。ご安心なさって？」

「双方にとって利益があるなら、こんな形で願わなくても叶えてやるが。つまり、お前にしか利益がない話なのだろうが」

「またとはどういうことです。以前にもこのような書類を頼んだことが？」

それまで黙っていたアナルドが突如口を開いたので、バイレッタは内心でぎょっとした。

藪蛇《やぶへび》だった。

酒浸りの義父を打ち負かして貴方との離縁状に一筆入れてもらったと言えば、義父が離婚に同意しているというスタンスが崩れることになる。賭けの勝敗はわからないが、せっかく義父を味方につけたのだから下手なことは話したくない。

バイレッタは平静を装って義父に向き直った。

「別件で少々頼み事をさせていただいたことがあるのです。今回だって領地とは無関係でもないのですけれど……お義父様、物の見方は多面ですわ。ある方向から見れば、双方の利益が得られると思いますが」

「詐欺師の常套句《じょうとうく》みたいなことを……だが、いいだろう。その代わりにきちんと解決できる案を提示できるんだろうな」

なんとか誤魔化せたか。バイレッタは澄ました顔をして、胸を張る。

「このご時世、馬鹿正直に収穫量を報告している領主のほうが少ないですわ。多く報告すればそれだけとられてしまうことがわかっているのですから。それに、以前までの分はもう報告も済んだものです。穀物ですよ？　今の形がどうあれ、二年以上も前のものなどなくなっていますよね。今更、追加で徴収する術《すべ》がありません。罰金はあるとは思いますが、穀物の形で徴収はされないでしょう」

「黙っていろということか」

「悪いのは国がこちらの報告書を見抜けなかったことです。こちらは本当に知らぬ存ぜぬで通しましょう。実際に知らなかったのですから、堂々とすればよろしいかと。これならば軽い罪で済みます。監督不行き届き程度のお叱りはあるでしょうけれど。ですが、今年の分は気がついてしまった上に、すでに一度目の報告書を作成中ですよね。これだけは正確に記す必要があります。ただ、報告が不作というからには豊作の量を報告するのはいかがなものかと……」

「今回の虚偽で報告した分の差分はどれほどですか」

アナルドが考えつつ尋ねてくる。

「追加で穀物を送っているので、領民が消費したとしてもほぼ八ヶ月分の穀物に相当します」

「それほどですか」

黙ったアナルドを確認すれば、彼は神妙そうな顔をしているだけだ。考えていたよりも総量が多いのだろう。異論を唱えるつもりはないようなのでひとまず無視する。

国に報告する書類は収穫直後におおまかな報告を一回と、正確な数字を作成した春頃に二回目を作成する。

今は夏なので、秋に向けての報告書を作成している時期である。つまり大まかな数字の下地を作っている段階に当たる。

「それで、その差分の采配はどうするのだ？」

ワイナルドが疲れたように聞いてきたので、にんまりとバイレッタは笑う。

「盗賊にまんまと盗まれてしまうのですわ」

カンカンカンっと鐘を激しく叩く音に、バイレッタは素早く寝台の上で身を起こすと、傍らにたてかけていた剣を掴んだ。

　扉を開けて廊下に出てみると、アナルドはすでに準備を整えてそこにいた。夜中だというのに、日中に見るシャツにスラックスという出で立ちだ。手にはバイレッタと同様に剣を握っている。

「本当に向かうのですか？」

　アナルドの声もはっきりしている。起きていたのかと疑いたくなるほどに落ち着いていた。軍人は夜間訓練や真夜中の行軍なども行うと聞いているので、夜に強いのかもしれない。

「普通はこういう時、大人しく隠れているものではありませんか」

「では、貴方は自室で大人しくされていてはいかがです？」

　言い捨て、彼の返事を待たずに走り出す。向かうは二階の反対の側にある義父の寝室だ。

　バイレッタの服は寝着ではなく、簡素なドレスだ。軍人が身に着けるようなズボンが欲しかったがさすがに用意していなかった。ここ数日はずっと普段着で寝ていたので、ようやく終わるのだと思うとどこかほっとする。

　時刻は真夜中だろう。うっすらとした月明かりの僅かな光だけで、すっかり慣れた廊下を進む。庭でも屋敷の中でも争うような音が、あちこちから聞こえてくる。

「俺のことではありませんよ、妻の話です」

「大人しい妻がお望みなら、よそを当たってくださいな」

不意に階段の踊り場から現れた見知らぬ男の一撃を躱《かわ》せば、後ろからついてきたアナルドがあっさりと切り捨てた。さすがに現役の軍人だ。剣捌《けんさば》きに余裕がある。

細腕に見えてしっかりと筋肉がついていることは知っている。知ってしまったというべきか。抱かれていればいやでも実感する。だが素直に褒めるのは癪《しゃく》だ。なぜかはわからないが素直に言いたくない。

葛藤していると義父の部屋のほうから現れた敵に遭遇した。音を聞き付けてやってきたのだろう。今のタイミングに感謝した。おかげで夫に余計なことを言わなくて済む。

相手が剣を振りかぶった瞬間にはすでに間合いに飛び込んで切り倒していた。バイレッタの剣は軽いのでスピード重視だ。初手に相手を無効化するのが一番手っ取り早い。

「お見事ですね」

「お褒めに預かり光栄ですわ」

素直に褒められたのに釈然としないのは、自分は夫を褒めなかったからだろうか。

それとも上から目線で褒められたからだろうか。

立ち止まっていると裏手の倉庫に火が上がった。

「始まりましたね」

「襲撃経路は予想通りですが、想定していたより人数が多いようです。気をつけて」

炎を見つめつつ夫を視界の隅に捉えると、彼は肩を竦《すく》めているようだった。この領主館の襲撃経路を絞って敵を誘い込んだのはアナルドの指示だ。さすがは狡猾《こうかつ》さを得意とする彼らしい戦法だ。伊達《だて》に狐などと呼ばれているわけでもないらしい。倉庫を燃やしたいと頼んだバイレッタに、それで庭からの追加の侵入経路を塞ぐように計画を変更していた。頼んでいた庭師は夜に倉庫を燃やすことを渋っていたが、これもアナルドが説得した。被害は最小限に収まるように上がった炎を見て、義父の部屋へと駆け込む。

屋敷に燃え移らないうちに事を収める必要がある、つまり時間との勝負だ。進むと向かってくる男と出くわした。迷わずに切り捨て、目的の部屋に飛び込む。

「ご無事ですか、お義父様」

「随分勇ましいな。お前は軍人にでもなるつもりか」

「あら。どうせなら可憐なお姫様を助けたいものですが……そのようなお口がきけるのでしたら無事ということですわね」

飛び込んだ義父の部屋では、二人の男が切り伏せられ床に転がり、もう一人の男が頭を抱えて蹲《うずくま》っている。

「ど、どういうことだ？　旦那様が、これほどの手練《てだ》れなわけが……」

「帝都での悠々自適な生活はこちらまで伝わっているのねぇ」

酔って妻に暴力を振るう姿を言っているのか、領地経営に無関心っぷりを言われているのかは定かではないが、剣を振り回して義娘を扱《しご》いている姿は伝わっていなかったようだ。

「うるさい、貴様は少し静かにしていろ。バードゥ、申し開きはあるか」

剣先を喉に突き付けながら、義父が執事頭を睨み付けた。

彼は震える喉でありったけ怒鳴る。

「旦那様が領地を省みないから悪いのではないですか！　不作になっても、橋が壊れても、村が泥水にのまれても、穀物を強奪されてもお前たちでなんとかしろと仰られるばかり……私はできる限りのことをしただけです」

「それが、悪党と手を組むことか」

「そうでなければ、奪われるだけでした。彼らにも生活がある。取引をすれば、無茶なことはされませんよ。私は後悔しておりません」

　きっぱりと告げたバードゥに、バイレッタは同情する。

「どう考えても悪いのはお義父様ですよ。むしろ彼はよくやったほうでは？」

「最終的に悪党の手引きまでして儂を殺しにきている時点で、救う価値はない」

「旦那様が帝都の軍を差し向けるなどと仰るから、彼らも逃げられないとふんで直談判に来ただけです！　命まで奪うつもりはありません」

「あ、それは単なる噂です。貴方たちに領主館に来ていただけるように仕向けただけですわ」

　ふふふ、とバイレッタが笑うと、バードゥが愕然とした顔を向けてきた。

　村々を視察で回りがてら、聞き込みをしているとやたらと橋や道路を修理している男たちの話を聞いた。彼らは別の夜盗らしき集団を撃退してくれるのを見たとの目撃情報が多かった。実際にアナルドを連れて確認すると、彼は男たちは大工などではないと認めたのだ。

　そこで不審者たちの一団があちこちで目撃されているので領主が都の軍人を派遣して討伐してもらえるように頼んでいると話してみた。

とどめにバードゥにも伝えてみた。穀物泥棒と繋がっているのなら、確実に相手の耳に入れるだろうことを見越して。

さすがに都の精鋭たる軍人たちが討伐に来れば、逃げるのは難しいことくらい理解できるだろう。どうやら入り込んでいる一団は小隊程度の人数しかいないようだと推測できたので、ますます慌てるだろうと踏んだのだ。

義父が眉間の皺を深く刻み込んで、吐き捨てる。

「馬鹿者が、小娘の策に簡単に踊らされおって。お前たちが現れなければおかしな文書も使わずに済んだというのに」

「あら、お義父様に乞われたから対策を授けてきちんと応じましたのに撤回されては困りますわ。それに今後の領地経営に利益があると説明しましたよね。約束は約束ですわよ」

「あ、あの……策ということは帝都からの軍の派遣は嘘なんですか……？　若様がいらっしゃるのは事前の偵察ということでは……」

「俺がここにいるのは別件だ」

執事頭から縋るような視線を向けられたアナルドは無表情のまま告げる。別件が何かはわからないが、それがますます真実味を帯びていた。

「ですから、貴方がいるほうが信憑性が増すと申し上げたでしょう」

「素晴らしい慧眼《けいがん》ですね」

肩を竦めてみせた夫に、にっこりと微笑む。

今度こそは、夫に勝った気がした。

しかしそれ以上に、彼が純粋に賞賛してくれたことがなんだか誇らしかった。彼は女だてらになどといってバイレッタを差別も批難もしないでいてくれた。

「あの……どういう？」

バードゥが聞いた。

「もちろん軍の派遣などありません。領地の醜聞をわざわざ広めることなど自尊心の高いお義父様がなさるはずありませんでしょう？　散々領民を放っておいて今更プライドなどとおかしな話ではありますけれど。内々の処理で手打ちとするそうですわよ」

バードゥは瞬きを繰り返し青い顔で義父を見上げた。

「だ、旦那様……あの、若奥様は何者なんですか……普通のご令嬢では？」

「息子の嫁だ。このたわけ者が、すっかり猫を被った姿に騙されおって。貴様が老獪なせいで、要らぬ恥ばかりかく。バードゥの顔を見ろ、まるで化け物にあったかのようではないか。ふてぶてしいところをもっと表に出したらどうだ。いや、むしろ直すべきだ」

「ほほほ、お義父様。面白いお話ですわね。こんな立派な淑女を指して老獪？　褒めるならばもっと言葉を選ばれたほうがよろしいですわよ。独特なセンスに言葉もありませんわ」

「そういうところがふてぶてしいというんだ」

小首を傾げてみせれば、義父は苦虫を嚙み潰したかのような顔をした。

「つべこべ言わずにさっさと動け。時間は限られているのだぞ」

「あら、ご機嫌斜めですこと。これ以上怒られないようにいたしますわね。では、えととりあえず、こちらの要望は三つですわ。一つは盗んだ穀物の行方、一つは盗賊たちの正体、一つは倉庫の火消しです。優先事項は火消しですので、後の二つは終わったら、盗賊の方たちを交えてお話しいたしましょうか」

「は、は？　ええと……」

「馬鹿者、さっさと動いて火を消してこい！」

きょとんとするバードゥに、焦れたワイナルドが一喝するのだった。

ひとまず倉庫の火を家人たちとともに消した。

家人にはバードゥのことを話していなかったので、皆、彼の指示には素直に従う。盗賊がやってきて倉庫に火をつけて逃げていったと告げれば使用人たちは一様にほっとしていた。侵入者以外に怪我人が出なかったことが幸いだ。義父とアナルドが盗賊を退治したと話したのでそれが尚更安堵を与えたようだ。

戸惑った様子の執事頭を見る義父が不機嫌そうな顔をしているので、純粋によかったとは言えないのかもしれないが。

夜も遅いこともあり、その場は一旦お開きとなった。

一応、夜盗として現れた男たちは領主館の地下牢に閉じ込めてある。村で犯した罪人を閉じ込めるためのものだが、それほど広くはない。そんな場所に十五人ほどの夜盗が押し込められているのだから、ぎゅうぎゅうだ。

ちなみに、バイレッタが昏倒《こんとう》させたのは三人、義父は二人だ。残り十人をアナルドが捕らえたことになる。凄腕《すごうで》の軍人だ。一見痩せ型に見えるのだから、狐につままれたような気持ちになる。

後は義父の采配に任せて、与えられた部屋へと戻る。バードゥはバイレッタが突き付けた要望を元に義父と話をしているようだが、若い娘に睡眠は非常に大切だ。早々に引き上げさせてもらった。

寝着に着替えてベッドに入った途端、心地よい睡魔に囚われた。襲撃に備えるため、浅い眠りが続いたので早々に片付いたことに安堵する。

ぐっすりとはいかないが、一眠りして起きるともうすでに翌朝になっていた。そして義父に呼び出されたことを知る。

話し合いの始まりだ。粗方の予想はついているのだが、相手の反応は些《いささ》か読めない。応接間に顔を出すとすでに顔ぶれは揃っていた。義父、アナルド、バードゥに盗賊団のリーダー格の男だ。

男は赤みがかった茶色の髪をして、やたらと目付きが鋭い。破落戸《ごろつき》などの落ちぶれた雰囲気はなく、目に光がある。

アナルドを連れて橋の修理をしているところを眺めに行った時に、指示を出していた男だろうと察しがついた。

バイレッタが部屋に入ると、一斉に視線が集まったが、できるだけ気にしないように歩く。

「遅れまして申し訳ありません」

立っていたバードゥの案内にしたがって、義父の隣に座る。

「お前の話は一通りした。なぜ、盗賊たちが隣国所縁《ゆかり》の者だと思ったのか質問されたぞ」

「あら、もう話してしまわれたのですか？」

「そうでないと交渉の席にはつかんと、この男が言うのでな」

「ゲイル・アダルティンと申します、元ナリス王国重機部隊の補給部隊長を務めておりました。牢にいるのは私の元部下に当たります」

ナリス王国はスワンガン領地の東に位置する隣国だ。三十年ほど前には戦争をしていた相手でもあるが、今は和平条約を結んでいるので穏やかな関係を築いている。だからこそ、義父は領地に戻らず王都で飲んだくれる生活ができていたとも言える。

そもそもナリス王国は現在北隣のヤハウェルバ皇国ともう十年ほど戦争中だ。そちらに掛かりきりでガイハンダー帝国に目を向ける暇がない。帝国も南部と揉めていたので、批難できるものではないが。ただし、帝国が戦争をしているのは、国境線を勝手に越えて侵入してきた相手が言いがかりをつけてきたからだが、ナリス王国の戦争は少し趣が異なる。

皇国から嫁いできた王女をナリスの国王が毒殺したため、報復の戦争だということになっている。表向きは。

赤みがかった茶色の髪に茶色の瞳は帝国でも見慣れた色であるので、容姿で隣国の者と判断することは難しい。同じく彼の部下も似たり寄ったりの容姿だ。

確かに事情を知らなければ、単なる穀物泥棒扱いしていただろう。ゲイルが不思議がるのも納得できる。

「そうですわね、どこから話せばよろしいかしら。私は『タガリット病』を知っているのです」

「なぜ、貴女がその病気を……！」

一瞬でゲイルの表情が変わる。一方でガイハンダー帝国に住む者はピンときていない顔だ。バードゥだけは事情を聞いているのか、神妙な顔で俯いている。

ゲイルが驚くのも無理はない。ナリス王国とヤハウェルバ皇国が必死に隠している国家的な秘密だ。むしろ彼が知っているということは、なかなかの地位にあったという裏付けでもある。基本的には王族に近い者たちしか知らない情報のはずだ。国家機密ともいう。

アナルドも聞いたことはないようだ。そもそも彼は南部で戦争していたので知らなくても当然だが、領主たる義父が隣国に興味を持たないのはいかがなものか。義父にもわかるように、バイレッタは知っていることを説明する。

「『タガリット病』は和平のためにナリス王国に嫁いできた皇国の王女の名前からとられた病名です。発熱と下痢を主症状に血便が出ます。稀《まれ》に神経障害なども伴います。重症化すれば死に至る確率が高く、今ナリス王国で流行《はや》っていますが、基本的にはヤハウェルバ皇国の風土病でした」

「そうです。王女が感染していて、我が国に持ち込んでそのまま身罷《みまか》られた。毒殺と言われていますが、病気だったのです」

絞り出すような声だった。

怒りか、僅かに震えているゲイルはずっとやりきれない想いを抱えていたのだろう。それほど年齢を重ねていないように思えるが、長年の疲労が溜まっているせいかずっと年上にも見える。

「嫁いですぐに単なる病気で亡くなれば多少の嫌がらせはあったかもしれませんが、これほど大事にはならなかったでしょう。もしくはたまたま不運が重なったと終わる話でした。それが戦争にまで発展したところにこの病気の恐ろしさがあります。感染率がとても高く、飲み水や食べ物からも感染するのです。王城から王都、町へと広がったんですね？」

こくりと一つ頷いて、ゲイルは震える声で語り出した。

「治療法もなく、人が倒れる。恐ろしい早さで病は広がり、国に蔓延《まんえん》しました。けれど王女が原因だと告げることはできませんでした。和平のために嫁いできた王女が病という悪意を持ち込んだなどと告げようものなら、さらに国が混乱するだけですから。必然的に原因となるタガリット病という病名も機密扱いになりました。だが恥知らずなヤハウェルバ皇国は、王女を毒殺しただのと言いがかりをつけてきたのです」

そうして和平のための婚姻が、泥沼の戦争へと向かっていく。

「ところがヤハウェルバ皇国には病気は広がってはいないのです」

「どういうことです。風土病だと貴女が言ったのでしょう？」

「風土病だからです。あちらでは、人が死ぬ前に対処できる。というか、そもそも重症化しないのです。ですから、王女が殺されたのだと思われたのですよ。健康的な年若い少女が突然死すれば、毒としか考えられませんから」

「対処法があるのですか⁉」

ゲイルが体を前のめりにしながら、食いついてきた。碌な治療法がないと思っていたのだから、こんなところでわかるのかと半信半疑だろうが、藁《わら》にも縋る思いなのだろう。

「あります。そもそもヤハウェルバ皇国とはうちも国境を接しています。ですが、ガイハンダー帝国でそのような病が流行ったと聞いたことがありますか？」

「多少、腹は壊すだろうが、死ぬことはないな」

義父が首を傾げて考えながら、言葉を吐く。

「つまり、うちとヤハウェルバ皇国が食べているもので、ナリス王国では食べられていないものがあるのですよ。それが、重症化しない理由です」

「もしや魚、ですか……？」

茫然と、ゲイルが答えた。

バイレッタはこくりと頷いてみせる。

海に面しているのはガイハンダー帝国とヤハウェルバ皇国だ。だが、ナリス王国は内陸国であり山岳地帯だ。魚は海に接していれば食べるかもしれないが、山間にある王都周辺では見かけることも少ない。

「今回効果が得られたのはとある魚で作られた魚醤《ぎょしょう》ですけれど。食べる習慣がないのは魚と同じですよね。ですから、感染者が触れていない穀物にはなんの問題もないのですよ、アダルティン様」

「まさか、そんな……」

茫然自失のていのゲイルの横で、義父が訝しげに周りを見回した。

「話が見えないんだが？」

「最初の十年ほどはバードゥの単独行動ですね。主に災害に遭われた地域へ支援できるように多めに蓄えておいたのでしょう。この地域の水害の多さは異常ですよ、それなのに領主は何も対応しないのですからね。犯罪は犯罪ですが、致し方ない対応でもあると思われます」

義父を軽くねめ付けて、バイレッタは話を続ける。

「数字が近年と比べて小さいことからも察せられます。ただここ数年の穀物が消える量は異常です。これほどの量など簡単に取引できるわけがありません。伝手《つて》がいるんですよ、商売するにしてもね。ですが、個人の商いにも限度があります。それ以上の量を盗《と》られているんですよ。最初の年で様子を見て、いけると踏んだんでしょう。翌年にごっそりと穀物を奪っていますから。これだけの量を必要とするのは只事《ただごと》ではありません」

伯爵が領地に寄り付かなくなったのは二十年以上前だが、穀物が消えたのは直近三年が最も多い。ゲイルたちが絡み出したのは一、二年ほど前にあたるのだろう。バイレッタが無理やりワイナルドを領地に向かわせていた時期に重なっているのは皮肉な話ではある。

「ただ、その穀物の行く先が隣国だと聞いて不思議だったのです。ナリス王国は穀倉地帯でしょう。本来ならば、単なる穀物などそれほど必要とはしない。売れる物でもないのに、流れているのですから。病気が流行って自国の穀物への不信が高まったのですね？」

「その通りです。食べ物で病気が広がったので、根強い不信から自国の作物を信じられなくなってしまったのです……結果、誰も国内の作物には手を出したがらなくなった。自国の作物が余っているのに他国から買い入れすれば怪しまれて病気がばれますから、国は病気を隠すために国民に自国の穀物を食べることを強いました。民は病気になるとわかっても言われるまま食べるしかなかったのです……そうして幾人も死んでいきました。今牢に入っている連中は病で家族を亡くした者たちです。国のやり方に我慢ができず、少しでも他国から穀物を買い付けようと流れてきたのが私たちです」

彼らはこうして、このスワンガン伯爵の領地に流れ着いたのだろう。

これが盗賊の正体だ。

「どうして、私たちが隣国の者だとわかったのですか」

ゲイルが、しっかりとバイレッタを見据える。隠しだてするつもりはないが、張り詰めた雰囲気に彼女は知らず息を飲む。

「領地内の村人に夜盗の情報を聞いてもほとんど得られませんでした。代わりに水害に遭った地域には見知らぬ男たちがバードゥの指示でやってきたとの話をいくつも聞きました。ここらあたりで男手が流れてくるとしたら、隣国からです。最初は敗走兵や帰還兵を疑いましたが、統率の取れた動きであっという間に橋を直してしまったと聞きました。実際にアナルド様にも手伝ってもらって確認にも行き、きっと一部隊の指揮官がいるのだと考えたのです」

「しかし、それだけでは隣国からという決め手にはなりませんよね。それに、『タガリット病』をなぜご存じだったのか」

「そうですね。種明かしをすれば、私はハイレイン商会の縁者なのです」

「なんと、ハイレイン商会の……！」

ゲイルが目を見開いた。

ナリス王国に半年に亘って支援をしていたハイレイン商会の名前はさすがに知っているのだろう。叔父が最近躍起になって手掛けていた案件だ。ここに来る前に会ったがかなりの金額が動いたようで、上機嫌だった。

「国民に病が広がっていると知っても、珍しい異国からの食べ物を持ってきていただいた。国民たちも喜んでいたと聞いています」

「加工して販路を拓《ひら》いたのは会頭です。ですが、その食べ物こそ病を弱らせる薬なのですよ」

「あれがですか？」

「国王から直々に薬がないかと依頼があったと聞いております。魚醬は食べ慣れない者には抵抗があるものですから。練ったものを固めて粒状に加工しそれをほかの食材と混ぜて作ったのです。主食の代わりにもなりますから、しばらくすれば病も落ち着くでしょう」

「なんと……病の回復を見越して広めていただいたのか……」

「こちらも商売なので、完全に善意というわけではありませんが……国王と会頭は旧知の間柄と伺っております。困っているという話を聞いて会頭が動いたようですね。私はナリスの内情をよく知っておりましたから、穀物が流れるのも貴方たちの正体もわかったというわけですわ」

叔父は確実に善意ではなく、金儲けを敏感にかぎ取っただけだろうが、何も貶めるようなことを広めなくてもいいだろう。身内が金にがめついなどと言っても、恥にこそなれ利になることはない。

「ありがとうございます、感謝してもしきれない……っ」

うっすらと涙を浮かべてしきりに拝まれた。自分を神と崇めそうなゲイルの様子に、バイレッタは苦笑するしかない。

商人は信用第一だが、サミュズは崇められるほどの徳のある人物ではない。叔父の裏の顔というか腹に一物隠している性格を知っているだけに、なんとも複雑だ。バイレッタは話を明かしただけで関わってもいない。よほどゲイルは人がいいのか。病に困っていたのは確かだろうが、だからといって物事の裏は読めたほうがいいだろうに。

叔父は隣国に売り付けた恩を何倍も膨らませて回収する算段をつけている。今回のことは足掛かりにすぎない。現に戻ってきてもまたすぐに隣国に行くような手はずを整えていた。

「会頭の一存ですので、感謝ならば商会を利用していただければ結構ですよ。それよりも、ここで一つ取引しませんか」

「取引……ですか？」

「ええ、お義父様、頼んでいたものはできています？」

突然話を振られた義父は、こくりと頷くと執務机の上に置かれた書類を三枚持ってきて、ゲイルの前に並べた。

　穀物の届けを偽装するために知恵を貸した対価である。

「ここ数年のスワンガン領の穀物の推移です。こちらが国に報告している分ですね。例年不作が続いて、それほど国に税を支払っていません。もう一枚は今年の分です。こちらも同様に不作の報告になっています。お義父様が追加で物資を送っていますが、それでもまだ不足している——ということになっています。実際には、どこにありますか？」

「一部はナリスに運んですでに消費しています。残りはまだこの領地にありますね」

「東の国境沿いに以前使われていた砦《とりで》があります。今も幾人かの兵が詰めていますが、その倉庫に保管しています。土嚢として雨期の間の土砂を塞ぐためと偽っているので、知っている者は我々だけですが」

　バードゥがゲイルの言葉を継いで説明する。

　領地を持つ領主たちは独自に私兵を持つ。国境沿いの砦はナリス王国と仲が悪ければ国の重要拠点として帝都から兵が派遣されるが、有事でなければ管理は領主が担うものだ。

　帝国は今、南部に力を入れているので国境の砦はいい保管場所になったのだろう。

「我々も普段はそちらを使わせていただいておりました」

ゲイルが申し訳なさそうに告げる。

どこかに潜伏しているのだろうと思ってはいたが、まさか堂々と国境の砦にいたとは。

義父は苦虫を嚙み潰したような顔をしているが、二十年以上も放置していた領主が悪いに決まっている。だからもっと真剣に領地に滞在しろと言い続けたというのに。というか隣国の者が勝手に入り込んで、国境の砦を占拠して穀物をくすねていたのだから国にばれたら命がない。全くどうしようもない義父だ。

ゲイルにやむにやまれぬ事情があって本当によかった。単なる利益のための窃盗だったら、義父が売国奴と言われても仕方がない。下手をすれば一族郎党で処罰される案件だろう。人道的な支援物資と言えば、ばれても多少減免されるに違いない。相手が友好国というのもありがたい。

「お義父様ってば、本当に素晴らしい領主様ですわね。その天性の悪運の強さにぜひともあやかりたいものですわ……」

「貴様はどうしてそう一言添えなければ気が済まないんだ？」

「言いたくなる気持ちも察してくださいな……睡眠不足のせいかひどい眩暈がするの

ですわ」

「ほう、これが済めば好きなだけ休ませてやるぞ」

「あら、なんともお優しい領主様ですこと！　では、アダルティン様、これからのことをお伺いしたいのですがお国に戻られるつもりですか？」

「国に戻っても家族がいるわけでもなく、戦争中に職を辞した兵士がおめおめと戻れるものでもありません。今回薬を配ったということですが、隠蔽したことで病を拡大させた王候貴族を恨んでもいます。できれば、こちらで橋などを直している今の生活を続けたいと考えておりますが……まぁ窃盗犯が夢見る戯言《たわごと》ですかね」

「とんでもありません、少しでも気持ちがガイハンダー帝国にあるとわかって僥倖《ぎょうこう》ですわ。では、穀物はそのまま砦に備蓄させておきます。お国の病も解決されたので、今更追加は必要ありませんでしょう？　しばらくは風評被害があるかもしれませんが、食べ続けて病気にならないとわかればほとぼりも冷めますからね」

　そこで一旦言葉を切って、バイレッタは困惑げに瞳を揺らす男に微笑みかけた。

「ご覧になっていただいたように、バードゥが単独で行っていたと思われる時期を除いて穀物でほぼ三年分が失われたことがわかります」

　明確な数字を表示すると、ゲイルの顔色が変わった。なんとも浮き沈みの激しい要件で申し訳ないが、本来は窃盗犯なのだから甘んじて受け入れてもらおう。

ちなみにスワンガン領の収入は穀物に依存していないので、穀物三年分の収穫といっても領地の年間収入のうちの三割に満たないのだが、それは黙っておく。つまり、領地経営上はそれほど大きな損失にはなっていないのだ。

それもバードゥが横流しを続けていた大きな理由だろう。義父が不作だからと追加の物資をあっさり用意できた理由でもある。

「ここからは取引のお話ですわ。アダルティン様たちもそのまま砦暮らしをしていただきます。今は捕らえられた賊ですけれど、立場は変わります」

「どういうことです？」

訝しげにゲイルに問われ、バイレッタは三枚目の書類を提示した。

義父に頼んで作ってもらった図面だ。用意するまでに時間がなかったので細かいところまではできていないが完成予想図までついているので、一目で何を造るのかはわかる。

「スワンガン領では近々大規模な災害予防のための水路を計画予定です。そのための男手が必要なのですが、我が帝国は戦後のため人足の確保はできるのですがそれを指揮する者がどうしても不足しています。そこで隣国から流れてきた者たちを雇い入れたことにします」

「それは……よろしい、のですか？　我々は犯罪者なのでは……」

「そもそも全面的に悪いのはお義父様です。領地経営を部下に任せきりなどと領主失格の烙印《らくいん》を押されて領地を没収されても文句は言えませんわ。本来なら領民たちの反抗に遭って追い出されているところです。それを食い止めてくれたバードゥと、領地内の橋などを修繕してくださったアダルティン様たちには、感謝こそすれ批難するつもりはございませんわ。そもそもどの顔して詰れると？　ねぇ、お義父様」

こてんと首を傾げて隣を見つめれば、ぐぬぬと唸《うな》り声が聞こえた。

犯人の目星をつけ、今回の顚末《てんまつ》を義父に話していた時にも、散々批難させてもらったが、その時も自分の非を認めてほとんど反論らしい反論をしてこなかった男だ。

無理やり連れてこられて働かされている意趣返しも多分に含んでいるが、甘んじて受け入れてもらおう。楽しんでいるのは事実だが。

「今年はそれほど大きな不作にはならなかったのですが、穀物は昨夜、賊に盗まれ残った分は倉庫ごと焼失してしまったので報告書通りの量しか国に納められません、という話になっています」

「ですが、こちらでいくらか頂戴している分はどうしますか」

「ご心配なく。これまでくすねた分は、橋などの修繕費用として貴方たちにお渡ししたものということにします。ちなみに倉庫はもともと空っぽで近々改修するつもりの古いものでしたから時期が少し早まっただけでこちらに痛手はありませんからアダルティン様が気にされる必要はありませんよ。取引内容は以上ですが、いかがでしょうか？」

「我々に選択権がある、と？」

「もちろん。お義父様からの感謝の気持ちですもの、当然ですわ。といっても、引き受けていただかなければ、盗賊として捕らえて隣国に送らせていただくことになりますので、あまりお勧めはいたしませんが。こちらに残ってもいいとお考えであれば詳細については、領主様からお話があります。それを聞いてから引き受けるかどうかご検討くださっても構いません。条件が気に入らなければ強気にふっかけても大丈夫かと思われます」

「余計なことを言うな」

「あら、取引を持ち掛ける際は、相手方の権利もきちんと認めなければ信頼ある商売などできませんわよ。長く働いてほしいのならば尚更ですわ。以上ですけれど、よろしいかしら？」

怒濤《どとう》のようにまとめ上げると、義父は鼻白んで顎をしゃくる。アナルドは安定の無表情なので問うまでもない。

出ていってもいいと解釈することにした。

「では皆様、失礼させていただきますわね」

優雅に礼をしてさっさと部屋を出ていく。

とどまっていても、義父の不快指数が上がっていくだけだということはわかっているので。八つ当たりされるバードゥは辛いかもしれないが、一応犯罪を見逃してあげたということで、頑張ってもらいたいものだ。

心の中で合掌をして、あくびを噛み締める。

二度寝というのも捨てがたいが、お腹も減った。軽く食べてから午睡というのも素晴らしい。これまでの忙しさを考えれば、物凄い時間の無駄遣いだ。贅沢《ぜいたく》すぎる。どうせ明日にはアナルドとともに帝都に向かわなければならない。また過酷な馬車の旅だ。祝勝会まで日がないので、どうしてもスケジュールが厳しい。

バイレッタは憂鬱な明日のことは考えないようにして、うきうきと一日の予定を立てて足取り軽く食堂へ向かうのだった。

バイレッタが退席すると、部屋は静寂で満たされた。

誰もがなんとも言えない顔をしてお互いの顔を見合わせている。困惑の気配だけが漂っていた。

◆
◆

「お前の嫁は凄いだろう？」

父がからかいを多分に含んだ笑みを浮かべてアナルドを見つめてくる。

「あの通り、恐ろしく頭が回る。その上、ハイレイン商会の叔父から様々な情報を引き出してくる。その方面では顔も広い。商売をしているから金の回し方もよく知っている」

「あの剣の腕前はなんですか。まさか貴方が鍛えたわけではありませんよね」

昨夜の襲撃者を撃退した姿は堂に入っていた。明らかに手練れだ。

初めて彼女をエスコートした際に手のひらの感触に違和感を覚え、領地に向かう馬車の中で彼女の手を観察してみたら随分と硬かった。あれは貴婦人の手ではなく、長年の修練を積んだ手だ。一朝一夕で身につく技能でないことは確かだ。

淑女がいったいどこで、そんな技術を身につけられるのか。実際に剣を振るう姿を見たというのに不思議でしょうがない。

「嫁いできた時からああだった。儂も早々に打ち負かされた。武勲に名高い子爵の出だ、教育の一環かもしれんが確認したことはない。本人の性格だろうがな、なんとも好戦的でじゃじゃ馬だ。本人は淑女だなんだと嘯くが。あれを乗りこなすのは相当に難しいぞ」

バイレッタにいつも苦々しげな顔を向けている父は、ひどく面白そうにくっくと笑う。すこぶる機嫌がいい。

嫁の情報収集をするために帝都に戻ってすぐの頃、父に会いに屋敷に一度向かった。情婦や愛人の噂を聞いてそんな相手の管理を自分に求めるなと忠告に行ったはずが、反対に父は自分に妻と離婚するなと念を押して釘《くぎ》を刺してきた。父の情婦を引き留めるために息子を利用するなとさらに憤ったが、全くそんなことはなかったのだ。純粋に、彼女の能力が欲しかっただけか。

「早々に説明していただきたかったですね」

「お前が聞く耳を持たなかっただけじゃないか。突然帰ってきたかと思えば、愛人の管理はご自身でしてくださいと言い捨てて碌に話も聞かずにすぐに出ていっただろう。

まあその後におかしな賭けを持ち出して引き留めてくれたことには感謝してやらないこともない。逃げられないようにしっかり捕まえておけ」

一ヶ月の賭けを申し出て、彼女を妻として引き留めていることを父に初夜の翌日に話した。おかしな賭けだなと父は呆れてはいたが、あの奇抜な嫁にはそれぐらい突拍子もない内容のほうがいいだろうと意地の悪い笑みを浮かべていたが。

「若奥様は、領地に興味のない旦那様を領地に連れてきていただいただけでなく、何くれとなく手助けをしてくださいました。旦那様の仕事と割り切ってはおられましたが、できる範囲で不足していることはないかなど聞いてくださって……ほとんどの嘆願書は旦那様からは返事をいただけませんでしたので、いくつかは若奥様宛にも送らせていただいて……」

バードゥが言った。

「そんなことをしていたのか？」

父は全くあずかり知らぬことだったらしい。驚きつつ、忌々しげに舌打ちをした。

「彼女の判断で指示をしていたと？」

「旦那様がご存じないのなら、若奥様のご判断なのでしょう。昨晩の言動ではまさに旦那様すら御しておられるようにお見受けいたしましたが」

バードゥは尊敬を通り越して、崇拝しているかのように恍惚《こうこつ》とした表情で頷いた。憑《つ》き物《もの》が落ちたかのようなスッキリとした顔をしている。これまでの隠し事が暴かれたからだけではないのだろう。拠《よ》り所《どころ》を見つけたかのような安らかな表情だ。

そもそもアナルドにとっては、久しぶりにスワンガン領地にやってきたことになる。馬車を降りて、領主館の前に立ち並ぶ使用人たちを眺めれば見知った顔が随分と年齢を重ねているのがわかった。幼かった自分が、成人してかなり経つ。周囲も年を取っていて当然だが、なぜか月日を実感してしまった。

大きかった館もなんだか小さく見えてしまう。不思議な気持ちがした。だがバードゥは記憶の中と同じくかくしゃくとしていた。

誰よりも領地と領主館を愛している彼が横領しているなどと到底信じられなかった。何かの間違いだろうとも思うほどだ。だから妻のことを使用人たちに聞きながら執事頭のこれまでの働きぶりも尋ねた。いずれも悪い話など聞かない。バードゥの姿はアナルドが思い描いていた通りだった。そして、誰も悪感情を抱かないのは妻のこともそうだ。驚いたことに使用人たちと妻がすっかり打ち解けているのだ。数回父が領地に連れていったことは報告書を読んで知っていたが、これほど仲がいいとは思わなかった。

信奉者がいるという報告書の内容を思い出しながら、アナルドは自然と口角を上げていた。

「的確な指示だったのか」

「それはもう。てっきり専門家などに聞いて返事をいただいていると考えておりましたが、先ほどの様子を見るに、大部分は若奥様のお考えなのでしょうね。なんとも広い視野をお持ちで多岐に亘る分野の造詣に深い方だ。領地経営に向いてらっしゃいますよ。それに正義感が強くてまっすぐで愛情深い方でもありますね。婚家の領地運営など本来若奥様の管轄ではないというのに、領民が困っているのを見過ごせなかったのでしょう。ここ数年、なんとか領地が持ちこたえられたのは若奥様の尽力のおかげです」

「なるほど。貴方が随分と妻に弱みを握られているということはわかりました」

「嫁に逃げられそうになっている甲斐性《かいしょう》なしの息子に批難される謂れはない」

ワイナルドがふんっと鼻を鳴らして顔を顰める。分が悪くなるとすぐに話を打ち切ろうとする。底の浅い父の態度は相変わらずだ。

「彼女は我が国の聖母神のような方ですね。美しく嫋《たお》やかで恐ろしく聡明《そうめい》だ。彼女を妻にできる貴方が本当に羨ましい」

今まで黙っていたゲイルが感極まったように口を開いた。彼の瞳の中には憧憬と同時に熱量が感じられた。

こうして彼女は自分を崇拝する男を作り上げているのかと、呆れつつも感心してしまう。男を虜《とりこ》にして毒婦のように支配しているなどと囁かれている妻の噂が噂でしかないことを知ってしまった。むしろ全く別方向に噂以上ではないか。

正義感に溢れ、困っている人を見捨てられず、自分にできる最大限で尽力するなど。何より他人の手柄を取り上げてそれを自分の物のように語っているわけではなさそうだ。商売をして領地経営を支える。すべて彼女の手腕なのだろう。

確かに、大層な女を妻にしてしまった。

だからこそ、初手を誤ったということだろうか。

「あの小娘は本当に面倒臭い。自分の美貌はよく理解しているし、賢いことも剣の腕にも自信はある。……だが、その反面どうにも引け目があるようにも見える」

「引け目ですか？　普通はそれだけ自慢できる要素があれば、自信に繋がるのでは？」

「それがあの小娘のおかしなところだ。なぜか自分の価値には無頓着だ。恐ろしいほどにな。たとえば顔もそうだ。噂を吹聴している馬鹿な輩《やから》と昔何かあったんだろうが、自分の容姿が男を惹《ひ》き付けることを嫌悪している。自分の顔がトラブルのもとだとでも言いたいかのようにな。だから男慣れしていない上に、男嫌いだ。自分の美貌に惹かれて近づいてくる男は噂を鵜呑みにしていると思い込んでいる。だからこそ、噂も放置していて訂正するどころか悪ノリしているんだ」

「悪ノリ……」

「ふん、社交界でも随分と惑わしておるわ。あろうことか若造が儂にまで喧嘩を売ってくる始末だ。あんな粗忽者《そこつ》とどうにかなるわけがないだろうに。それをあの小娘は利用して噂を増長する始末だ。その上、こんなに若くて可愛らしい恋人がいると思われてお義父様は幸せ者ですね、などとふざけたことを抜かして……全く性悪な小娘だ。次の夜会ではなんとかしろ」

「おかげで、噂に振り回されました」

それか、とアナルドは嘆息したくなった。

その噂のおかげで、妻に理不尽な怒りをぶつけてしまったのだから。

「お前の嫁だろうが、それを儂に押し付けていくからだ。嫁の管理ぐらいしっかりしておけ。それもあんな厄介な女だ！　口は減らない、引くように見せかけていつの間にか押し付けてくる。二言目には嫌みだ。この儂を手のひらの上で踊らせることばかり画策しよって、あの生意気な小娘め。何年も何年も、全く態度が変わらない。年長者を敬うということを教え込め。そもそも婚家の義父をもっと大切にしろと言っておけ。だいたいあの娘は——」

怒っていたのは自分だったはずなのに、いつの間にか立場が逆転している。

先ほどまで機嫌がよさそうに妻の話をしていたくせに、あっさりと手のひらを返されたことも腑に落ちない。これまで妻の態度に相当鬱屈した思いを抱えていたのだろう。芋づる式に思い出しては腹を立てているが、それは今聞かなければならない話だろうか。

アナルドは幼い頃にもされたことのない父からの説教を、朝早くから延々とされる羽目になったのだった。

間章　毒婦な妻の真実の姿

感情というものが欠落していることにアナルドが気がついたのはいつの頃だったか。欠落というと大げさかもしれない。むしろ、ひどく鈍いのだろう。しかも種類が二つしかない。通常か不快か、だ。

アナルドは父の領地で生まれてそのままそこで育ったが、無表情で口数の極端に少ない子供だった。その時からぼんやりと自覚はあったのかもしれない。

父が戦争に行っている間に、病を患った母の看病をしている時に強く実感した。感情の起伏がほとんどないということに。使用人も母もアナルドのことを心配してくれたが、同じ気持ちを返すことができなかったからだ。

特に病気になってからの母は、余命が残り少ないことを悟っていたかのように、残される息子の将来を思って毎日泣き暮れるほどだった。とにかく母に泣かれるのは参った。結局、周囲を観察してどういう表情を作ればいいのか、どういう言葉をかければいいのかを見極めながら対応した。

母の花壇を世話して花を摘んで母に見せるのもその一つだ。おかげで庭師や執事頭をはじめとした使用人たちから同情を引けたのはありがたかった。

それは存外疲れる行為だったようで母が亡くなってからはいつもの無口、無表情を貫いたが、使用人たちは母を失ったショックだとそっと見守ってくれた。

父が戦争から戻ってくるまで領地で使用人たちに囲まれて静かに暮らしていた。単調な日々はゆっくりと当たり前のように過ぎていくだけだ。上向きな気持ちになることもなければ、下向きの気持ちになることもない。

淡々と日々を重ねる。

戦地から帰ってきた父は母が亡くなったことから酒浸りになった。自身も肺に病を抱えて退役したので、屋敷にいる。領地には一度来ただけで、すぐに帝都の屋敷に戻った。必然的に自分も呼び寄せられたが、酒に酔って堕落していく父を見るのは不快だった。ワイナルドに言われるまま帝都の学校に入学した。寮があったので家に帰ることも父の姿も見ることはなかった。

そんな自分が軍人になったのは、今の上司であるモヴリス・ドレスランに誘われたからだ。

初めて参加した夜会で見知らぬ貴婦人に襲われ手籠めにされていたところを助けてくれた人物でもある。もちろん、人に興味のない自分が彼を知っているはずもなく、変わった男だという認識しかなかったが。

「僕が男を助けるだなんて、焼きが回ったかなあ……」

夜会の裏庭で月明かりの下、ぼやく若い男は飄々《ひょうひょう》としていた。衒《てら》いもないその姿に、情事中の部屋に押し入って自分を抱え上げた荒々しさはどこにも見受けられなかった。

乱れた服を整えつつ、静かにアナルドは栗毛《くりげ》の男を見つめる。

「では助けなければよかったのでは？」

「そうすると君は彼女を始末するだろう。聞いたことないかな、ライデウォール伯爵夫人って。あんな毒婦でも使い道はあるんだよ。君は他人どころか自分にすら、なんにも興味がないようだけれど」

いくら興味がないといっても、実害を伴うならば別だ。

特に異性に興味はなかったが、勝手に体を使われて童貞を喪失したことには嫌悪しか感じない。自分の体が勝手に反応したことも裏切られたようで腹が立つ。

何より、今日のことで女性が嫌いになった。ただ自分に弱点のようなものができることもどうにも我慢ならない。

「不快さくらいは感じますよ。済んだことをとやかくは言いませんが。今回のことはいい教訓になりましたから、今度はきちんと対応しようと思います」

無表情に淡々と告げるアナルドに向け、モヴリスは興味深そうに紅の瞳を瞬かせた。

「スワンガン伯爵家は家格でいえば、ライデウォール伯爵家と同等だろうに。嫡男は随分とおかしな考え方をするんだね。そういえば現伯爵は元軍人だったか。といっても軍人派というわけでもない」

ガイハンダー帝国は現在、二大勢力が拮抗《きっこう》している。

旧帝国時代の貴族だった帝国貴族派と比較的浅い歴史しかない貴族や平民による軍人で構成される軍人派だ。

もっぱら戦争を重視しているこの国で、最近は軍人派の勢いが強い。それを貴族派はどうしても許せないのだ。

スワンガン伯爵家は血筋だけでいえば、旧帝国貴族である。歴史も古いし、豊かな領地を経営している。夜会に招待された意図を深くも考えずに参加してしまったが、確かに貴族派には欲しい人材かもしれない。

だが、正直なところアナルドにとってはどうでもいいことだ。

「興味がないので」

それは酒浸りの父も同様だろう。

なぜ父が軍人になったのかは知らないが、確実に派閥争いなど興味はないに違いない。

「君を取り入れたくて彼女は仕掛けてきたんだよ。ということは僕でもまだ勧誘できるのかな」

「勧誘ですか」

「僕は軍人派なんだよ」

「こんな貴族派の夜会に堂々と参加しているのに？」

「相手もわかっているさ。別に顔を隠しているわけでもないしね。だからこうして嫌がらせで参加してあげてるんだよ」

「そうですか」

酔狂だなと思うが、何を楽しいと感じるかは人それぞれだ。アナルドがとやかく言うことではない。

そう考えながら返事をすると、相手はふむと頷いた。

「君はお人形みたいだね。なんとも人生がつまらなさそうだ」

「貴方はとても楽しそうですね」

「ふふっ、なんの感情も込めないで言われたのは初めてだなぁ。嫉妬もからかいも蔑みもないだなんて。面白い、君さ、軍人にならないかい。とても向いていると思うんだ」

是も否もなくその場は別れたが、次の日には士官学校の入学書類が寮に送り付けられていたというわけだ。試験すら受けていないのに、受かっているとはどういうことか。

だが、特にやりたいことがあるわけでもなく、アナルドは士官学校に進み、卒業した。卒業してすぐに配属された隊で、また彼に会った。上官だったのだ。

「あれ、相変わらずつまらなそうな顔だね」

配属された初日の挨拶で彼は人好きのする顔で笑った。

この頃にはこの目の前の男が穏やかな顔をした悪魔だと知っていた。

酒と女と賭け事と。享楽の限りを尽くし、戦争を片手間に楽しむ男だ。自分などよりよほどの人格破綻者だった。

「人生には刺激が必要だよ、さぁ一緒に楽しもうか」

悪魔が誘った先は、泥沼の紛争地域だった。

小さな部族の対立から始まった紛争が、いつしか帝国の介入を許した。上が何を考えていたのかは知らないが、帝国がしゃしゃり出てくるほどの規模ではない。だが、モヴリスは単純なゲームに参加するようなものだと嘯いた。

「相手は農具しか持たない。裸同然で突っ込んでくるだけ。僕たちはそれを武力で追い払うんだ」

剣も銃も十分に物資はある。なんなら、爆撃だってできる。人数も圧倒的に帝国側が勝っている。まさに鎮圧だ。

何が楽しいのかわからなかったが、上司となったモヴリスは始終にこやかにあっさりと紛争を終わらせた。いくつかの戦場を二人で渡り歩き数年が経った頃、ふと耳に入れた噂話を彼に振ってみた。

与えられた豪奢な執務室で、優雅にお茶を楽しんでいたモヴリスは書類から目を上げた。

「知ってますか、中将閣下。貴方、『栗毛の悪魔』と呼ばれているそうですよ」

彼の下に配属された頃にはすでに帝国内に知れ渡ってはいたが、他国でまで呼ばれているとはどれほどの悪魔ぶりなのだろうかと呆れもする。

だが、さすが悪魔は堪《こた》えた様子もなくにこりと笑う。

「君は『戦場の灰色狐』だってね。生き物よりも空想の産物のほうがいいかな。君はどう思う？」

「なんとも思いませんが。まぁ、血の通った生き物だと思われていてよかったのではないですか」

上司からは散々、人形扱いされている自分だ。敵といえども世間からは生き物に見えるらしい。

「冷血、冷酷とも言われてるんだけど、それは気にしないんだ？ まぁ、いいや。面白いなと思ったのはさ、キツネはネコに似てるように見えるけど、イヌ科なんだよ。警戒心は強いが、好奇心が旺盛だ」

「それで？」

「実に君をよく表していると思ってさ。君は好奇心旺盛で嵌《は》まれば溺れるタイプだと思うんだ」

そんなことを言われたのは初めてだ。

そもそも、溺れるほどに興味を引かれたものがない。好奇心というのもよくわからない。

「ところで、話は変わるけれど君、実家には帰ってる？」

「いえ、士官学校を卒業してから一度も戻っていませんが」

「だよね、知ってる。はぁ、さてどうするかな……」

悪魔な男が珍しく考えるフリをした。だが、すぐに笑顔になる。

この笑顔が曲者《くせもの》であることはすでに熟知しているので、アナルドは身構えた。

「もうすぐ南部に派遣されるのは知ってるだろうけど、今度の南部は長いよ。それで君には部隊を一つ引き受けてほしいんだ。だから昇進してほしいんだよね。そのために条件がある」

「条件ですか」

「結婚しろ。きっと君の人生面白くなるよ？」

結婚相手に人生を面白くされるとはどういうことだと問いかける言葉は飲み込んだ。

「どんな相手が好みだい。可愛い系、美人系、わんこ系、癒やし系？　意表を突いたところでサドっ娘《こ》とか」

独り身は寂しいだろうという配慮か、自分と同じように異性に苦労しろというありがた迷惑なお節介だろうか。モヴリスの場合は確実に自業自得なのだが。

どちらにしろ悪魔な上司は反論など許さないことを知っている。知っているがこれは簡単には受け入れていい話ではないことは理解した。

「俺を女嫌いだと称したのは閣下だと記憶しているのですが」

「そりゃあ、まあ君の童貞喪失の時に居合わせてたまたま助けることになったのは僕だしね。その後、適当に感情コントロールしつつ遊んでいたのも知ってるし、最近はそれが心底面倒になっていることもわかってる。近寄りもしないし、来る者すべて流してるだろう。そんな男はもう女嫌いだよね。だけどさ、人生まだまだこれから長いんだよ。だからこそ、そっち方面の欲が枯渇してる可哀想《かわいそう》な部下に提案したいんだ、嫁は別格だよ」

「世の中の見合い結婚の大半は上手くいっていないと考えておりますが。何より未婚の閣下に言われても説得力がありません」

「僕は夜のお付き合いは大好きだからね、嫁がいると難しいよね。まあそれもあるけれど、今ここで大事なのは昇進なんだよ。階級が上がればさらに君の嫌いな女が群がるぞ。ここいらで手を打っておいたほうがいい」

どんな丸め方だと呆れつつ、善処することにした。

「そうですね、では希望を聞いていただけるなら根性があって肝が据わっている腕のたつ方でお願いします」

「え、それ女性なの？」

「当たり前でしょう。俺には同性とどうにかなる嗜好《しこう》はありません」

「そんな娘が好みなの、本当に？　妻にして何するわけ。足蹴にしてもらって喜んじゃうとか。わあ君を見る目が変わるな」

モヴリスははしゃいで、手を叩いている。相当にウケたようだ。

上司の度肝を抜いたようでよかった。適当に新兵へ期待する項目を列挙しただけなので、そんな女性などいるはずもない。これで婚姻話もなくなるだろう。

「えー、そんな、軍人でも滅多にいなさそうな女の子、ねえ？　ん、ちょっと待てよ、確かあそこの家の子はそんな感じじゃなかったかな」

不吉な言葉を吐いた上司はそのままぽんと一つ手を打った。

「いるよ、いるいる。君の条件にぴったりのお嫁さん！」

まじか、と問い返さなかった自分は随分と分別があるとアナルドは感心するのだった。

だが結局、その妻とは顔を合わせることもなく戦場に向かい、八年後に挑発的な離縁状を叩き付けられた。条件につけたように根性があって肝が据わっているのだろう。腕がたつかはわからないが。

興味が湧き帝都に戻ってきて妻に関する情報を集めてみれば、とんだ悪女で懲らしめる計画を一瞬で立てた。自分の童貞を奪った毒婦と重なって、ある意味復讐《ふくしゅう》も兼ねていたのかもしれない。

それが間違いだと身勝手な初夜を済ませた後に気がついたわけだが、やってしまったことは取り消せない。

朝になり、起きる気配のない妻をおいて朝食を食べに下りると、ほぼほぼ初対面の義母と義妹に対面することになった。

父の後妻との接点は無に近い。すでに席についていた義母のシンシアと妹にあたるミレイナが食事をしているところだった。父はすでに食べ終えて、食後のお茶を飲んでいたが、アナルドの姿を見るなり、ごふっと噎せた。

家令のドノバンから昨夜戻ったことは聞いているだろうに、なぜ慌てるのか。朝食の席にやってくるとは思わなかったのだろう。

アナルドは父を無視して正面に並んで座っている母娘を見つめる。入ってきたアナルドを見て、二人は固まっている。まるで化け物に遭遇したかのように蒼白だ。

「おはようございます」

「え、ええ。おはようございます。アナルドさん、帰っていらしたのね」

「昨日の夜中になりましたので、挨拶もできませんでした。今日からしばらくはこちらにいますので」

席について食事を始めると、継母《ままはは》はぎこちない笑顔を浮かべた。

「そうですか。戦争からの無事のご生還ですもの、ゆっくりなさってくださいね」

「ありがとうございます」

継母にとってみれば、自分が戻ってくることなど想像もしていなかったに違いない。だというのに、多少引きつりつつも笑顔を浮かべてくるところが鬱陶しい。女は嫌いだ。特に自分に群がってくる女は不快ですらある。

アナルドはいつものように嫌悪を感じて、そういえば妻に対しては昨夜までの憎悪がなくなっていることに気がついた。思えば不思議な女だ。いや、そもそも自分が興味を抱く時点でおかしな話だった。

アナルドは、柔らかなパンを咀嚼《そしゃく》しながら、目の前の二人をそれとなく観察した。邪魔者に思われているようだが、何に対してかがわからない。バイレッタと仲がいいと報告書で読んだので、彼女のために自分を追い出そうとしているのだろうか。

「あの……お義姉様とは何かお話になられましたか？」

遠慮がちに声をかけてきた妹に目を向ける。母譲りの金色の髪に、父と同じ水色の瞳を持つ少女に、アナルドは静かな視線を向けた。少女の顔には怯えと恐れが見て取れた。

ミレイナとはこれまで会話などした覚えはない。こうして話しかけられたことなど初めてではないだろうか。かすかに震えている手元を見てもよくわかる、怯えられているのだ。それなのにわざわざ話しかけてくるのだから、自分が思っている以上に、バイレッタは慕われているらしい。つまり、排除すべき彼女の味方ということだろう。小さな味方でも、集まれば厄介なことは過去の戦が証明している。侮ることも油断も許されない。

アナルドはふむと小さく頷いた。

「近況と、これからのことを少し話した程度です」

「そうですか」

探るような視線は、今後のアナルドの態度を見極めようとしているかのようだ。少しでも妻に危害を加えるような素振りを見せようものなら、妹から何かしらの反撃を食らいそうだ。妹を排除しようとしても、同様に即座に妻に知られてしまうだろう。あちらは共同戦線を張っているということか。

対して自分の味方はひとまず父ということになるのか。

「随分と懐いているんですね」

「お義姉様は恩人です。昔助けてもらって、その後もずっと可愛がってくださいますから。お義姉様はとても素敵な方でとっても優しいんです。ですから傷つけないでくださいい。決して泣かせないで」

今は傷つけるつもりはない。妻が噂通りの毒婦ならば傷つけることも厭《いと》わなかったが、昨晩の件もあるので様子見と再度の情報収集をするつもりだ。そのためには自分の目で見ることが大事であると気がついた。他人が集めた情報はどうにも信憑性に欠ける。

だがすでに昨晩、散々泣かせてしまった後だ。

妹は責めるようなまなざしを向けてくるが、自分のもとから逃げ出すことこそバイレッタのためだと思われていそうだ。自分という男がどちらかといえば碌でもない部類に入ることは自覚しているので、あながち間違いでもないがみすみす妻を逃がすつもりもない。

女などどうでもいいと思っていたが、なぜか彼女は手放してはならないような気がする。明確な理由は思い浮かばず、ただ焦りにも似た飢餓感が自分の中で燻っている。それが果てしなく違和感を与えるのだが、どうしても自分が何かしくじったような気持ちがするのだ。

なんとも居心地の悪い思いをしながら、アナルドは朝食を口にするのだった。

その後、父にバイレッタとの賭けを打ち明けた。好きにしろと言われたが、逃すなとだけ忠告を受けたので、そこでも形容しがたい感情が湧き上がった。どうやら父に妻のことで指図を受けるのが気に入らないようだ。

形容しがたい感情を持て余して以前使っていた部屋にやってきた。八年ぶりの自室は、戦争に行く前となんら変わらずに静かにアナルドを出迎えた。部屋の掃除はしてあるのだろう。埃《ほこり》が積もっているということはなく、物の配置が変わったわけではない。だが、長年の主の不在を感じさせる少し籠もった空気を感じる。

正面にある窓を開けてみれば、朝の爽やかな風が室内を満たした。

ふと机を見ると、やや色褪《いろあ》せた白い装丁の豪奢な釣り書が目に入った。当時は輝くばかりの白色だったのだろう。年月の長さを思わせた。

「なんだ、ここに置いていたのか」

中を開いたことはなかった。受け取った記憶も失っている。だがここに置いてあるということは戦争に行く前に確かに渡されたのだろう。八年ぶりにアナルドは手に取って、表紙をめくる。

開ければ、アメジストの瞳を吊り上げた勝ち気な少女が微笑んでいた。ストロベリーブロンドの柔らかそうな長い髪を垂らし、乙女らしい淡い水色のドレスに身を包んだ少女が、椅子に座っている絵姿だ。見合い相手に送り付けるには、随分と勇ましい微笑みだ。思わず苦笑がもれた。

顔も見たことがなかった妻は、確かにアナルドが何気に出した条件に合致しているように見えた。

昨晩の月明かりの下で、妖艶とも言える姿を晒《さら》した彼女と絵姿の中の姿は結びつかないが、日の光の下で見ればまた印象が変わるかもしれない。

もっと早くにこの絵姿を、実物を見たかったと思うと同時に絵姿を見てもなんら感情を揺らさなかっただろうとも簡単に想像がつく。他人への興味など少しも抱いたことがなかったのだから。

「他にはどんな姿を隠しているんですか？」

絵姿に向かって思わず問いかけてしまう。たった一晩で、何度も彼女への認識を変えられている。毒婦かと思えば純潔だったし、気が強いかと思えば縋りついてくる。初めてだったのなら当然なのだが、演技だと思っていたから不安がっている姿もなんとも巧妙だなと感心していたほどだ。今ではいじらしいとさえ思う。

家族も彼女を気にかけている。父は引き留めたいと望んでいるし、妹はすっかり懐いていて、シンシアも気にかけているようだ。

本当の彼女はどんな人間なのか――自分の中で湧く感情に、驚きもしている。

そしてアナルドは、計画の変更を決意した。最初は一ヶ月だけ報復すれば気が済むだろうと考えていた。だが、今は一ヶ月ではバイレッタを知り尽くせるとは到底思えない。手放すのが惜しいとすら考えているので大幅な修正が必要になる。

結果が百八十度変わってしまったのだから、当然合わせるべきだ。

深く人と付き合ったことのないアナルドには、他人の感情の機微がわからない。己の感情にすら鈍いのだから当然の結果でもある。

ただし、戦争においては、敵の思考を読むことは容易い。なぜならば、頭の中には歴代の戦争の流れが入っている。いつの時代も場所が変わるだけで、戦争の動きは同じだ。書物からの知識で行動を分析し、予測する術には優れていた。また周囲の人間を観察して参考にすることもできる。

幼き頃に母に心配をかけまいと努力したように。

「暴動の鎮圧と同じというか。いや、攻城戦の中でも特に砦や城の攻略に近いのかもしれないな」

これまでの知識を総動員してみる。

攻城戦を展開する場合には、自軍の兵力は相手の三倍は欲しい。特に相手が籠城戦に入るのならば、補給路を断って、援軍に後ろをとられることを防ぎたい。

実際の彼女の兵力はどれくらいで、援軍は誰になるのだろう。

思考を巡らせれば、自身の妻についての直接的な知識がないことに気がついた。彼女のこれまでの生い立ちや行動から分析しなければならないが、報告書にはいくつか偽りというか推測や噂が混じっていることも確かだ。まずは吟味することから始めなければ。

「その前に、念書を書かなければな……さて、なんと書けばこちらが有利になるのか」

念書を作成して妻から一筆貰ったが、見極めたいと考えていた。そんな折、領地視察の話が舞い込んだ。絶好の機会だ。妻の正体を見極めるつもりで、視察に同行した。

毒婦と噂のある妻の本当の姿はどこにあるのか。

そもそも彼女を領地の視察に連れていったところで何ができるのか。これまでは父が愛人との旅行を楽しんでいたのだと考えていた。帝都にいる後妻の目を逃れた男女のすることなど、低俗なことしか思いつかない。それなのに、実際に視察に同行して、領主以上に領主らしい彼女の行動に驚かされた。

スワンガン領地の資料を読《よ》み漁《あさ》り、地形を視察して、今後の対策を打ち立てる。

むしろ彼女がいなければ、スワンガン領地はどうなっていたのかと呆れるほどの有様になっていた。まさか父がそこまで職務を放棄していたとは知らなかったし、妻がやり手だとも知らなかった。

彼女の手腕は見事というしかない。

戦場で局面をひっくり返すのに必要なのは情報だ。相手方の規模などの総力だけでなく、展開する地形、天候、それまでの歴史など、収集する情報は多岐に亘る。敵方の司令官の思考や得意とする戦術なども調べておく。それをパズルのように組み合わせて最適な答えを見つける。アナルドはわりと記憶力がいい。歴史に記載されている戦略や戦術は覚えた。おかげで策士家の意味も込めて狐と呼ばれるのだ。

その自分をもってしても、彼女の情報収集力と分析力には舌を巻く思いだ。

部下に欲しいと思うほどには興味深い女である。

領地視察の最終は、領地の穀物を奪っていた賊の退治だ。それすら、単純な脱税や穀物泥棒ですらなく、隣国との複雑な関係の上で成り立っていた。バードゥが汚職に手を染めたと聞いて違和感を覚えたが、父の無関心さを聞けば納得せざるを得なかったし、隣国の情勢を聞けば隊長となった男の行動も仕方がないとも言えた。

だが何より感心したのは、妻が張り巡らせた知略だ。

事前に彼女の叔父から聞かされていた情報があったとしても、村で聞き集めた話をもとに推測し、見事に隣国の者たちに領主館を襲撃させてみせた。皆が皆、彼女の手のひらで踊っているかのような錯覚に陥ったが、仕組み方が巧妙なのだ。

ひたすらに、妻への興味は尽きない。

だがその点でいえば、彼女は自分への離縁状だけが杜撰だった。つまりそれほど重要視されていないということだろうか。

侮られているのならば、付け込みようもある。だがどうでもいいと思われているのなら、それはそれで心がざわつくのも確かで。

冷血漢で感情のない人形のようだと称される自分をおかしくさせてしまう妻を、とにかく手放すつもりはない。その感情だけは確固たる事実として自分の中に横たわっている。

毒婦の真実の姿を見て、改心したというよりは、どうやって手に入れようかという闘志にも似た感情が起こる。

それでも、上司の面白くなるという言葉はあながち間違いではないなと、妻の姿を思い浮かべては悦に入るのだった。

「戦勝記念式典というのはなんとも面倒なものだな、とか考えているでしょう」

スワンガン領地から妻と二人で戻って早々に戦勝記念式典の打ち合わせと称して、久しぶりに軍に呼び出された。三日後の式典の打ち合わせなんて煩わしいというのに、呼び出されたのは今回勲章を受ける者たちだけだ。会場のホールで呼ばれる順番やら、動きやらを確認するだけで打ち合わせはすぐに終わったので、式典当日でもよかったのではないかとうんざりする。

その後、式典会場を出たところでモヴリスが声をかけてきたのだが、なぜか自分だけ執務室に呼び出されたらしい。そのため、この部屋には二人しかいない。

盛大に嫌な予感しかしないが、アナルドは無表情で上司の様子を眺めた。

執務机に着いたモヴリスがにこやかに笑んでいる。

「君が無駄とか面倒とか思っていることには、案外意味があるんだよ。きちんと手柄を立てた者を表彰しとかないと後で困ったことになるんだから。権威主義なんて特にね」

「報奨金の支払いが滞りそうだとの話を聞きましたが」

「立法府の横やりだよ。それこそが面倒な話だよね。狸《たぬき》どもがいい口実を見つけたと大騒ぎだ」

「そうですか」

「はいはい、相変わらず君が政争に興味ないことは知っているからね。そんな態度でも傷つかないぞ」

全く興味がないわけではないし、南部戦線を引き上げる際には次の争いは政敵になるだろうとは予感していた。ただ、今は妻と賭けをしている最中で、それがいわゆる好敵手ということになっている――ような気がする。

敵ではないにしても、興味深い相手であることには変わりない。

「何事が起こっても閣下は傷つかないじゃないですか」

「相変わらず失礼だね、そんなんで奥さんに愛想つかされたりしない？　どうせ君のことだからこの休暇中だって碌なことをしていないんだろう。伯爵邸にも帰らず軍の部屋で一日中寝ていたとか言ったら怒るからね」

「なぜ、そんなことで叱られなければいけないのか理解できないのですが。それにきちんと家には戻っています」

「そうなんだ。それは珍しいね。てっきり君のことだから奥さん放って次の仕事のために動いているのかと思ったよ。うん、だったらわざわざ君を呼び出すこともなかったな。もう帰っていいよ、休暇を満喫してきなさい」

「了解しました」

　頷いて退室しようとしたアナルドは、ふと足を止めて上司を見つめた。

「そういえば、閣下にはお尋ねしたいことがあったんです」

「あれ、君が僕に聞きたいことがあるなんて珍しいね。どうしたのさ」

　執務机に座って書類で遊んでいた上司が興味深そうに顔を上げたのを見計らって切り出す。

「閣下の話はたいして参考になりませんでした」

「え、突然なに。面白そうだね、なんの話だい」

「女性の口説き方ですよ」

　アナルドが淡々と告げれば、モヴリスは目を剝《む》いて噴き出した。

「ぶっ、君が？　いったい誰を口説いたのさ」

「妻です」

「妻って、つまりバイレッタ？」

「当然です。閣下に命じられて妻にしたのですから、忘れてもらっては困ります。容姿を褒めても、冷ややかな反応が返ってくるだけでしたね」

「ああ、バイレッタはねぇ……手ごわいよね。そういうベタなの嫌いそうだし……というか、なんか僕が彼女に振られたような気持ちになるのはなんでだろう……バイレッタか、うーん……彼女を落とすのは容姿を褒めるんじゃなくて、もっと内面を褒めたらいいと思うよ」

百戦錬磨の上司は、少し考え込んだ後ににこやかに笑う。

「内面？」

「彼女みたいに自分の容姿が嫌いなタイプは、性格とか気遣いを褒めるほうが効果的だ」

モヴリスも父もなぜか彼女のことをよくわかっている。

なんとなく不快な気持ちになるのはなぜか。

頭の片隅で考えながら、アナルドは頷く。

「そうなのですね、参考にさせていただきます」

「君、そんなことでバイレッタとの初夜はどうするつもりなの」

「いえ、もう済ませましたが」

「あれ、そうなの。意外だな、君もあまりそういうこと積極的じゃないだろ。いつも断り切れずに押し倒されているくせに。彼女も初めてだろうし、悲惨なことになりそうだけど」

「なので、それも閣下を参考にさせていただきましたよ」

「え？」

「いつだったか、ここで始めたことがあったじゃないですか。というか、この前もありましたよね。あれは統括管理部の補佐官と軍司令部のどこかのご令嬢でしたか」

「職場ってなんか燃えるんだよね……そうか、それを参考にしたの。で、どうだった？」

特に恥ずかしがることもなく、上司はにこやかに問いかけてくる。彼の場合は、職場に限らず軍の夜会や訓練中での官舎の中でも会議室でも所かまわずに盛っているので濡れ場を目撃しないほうが珍しいのだが。

こういうところが悪魔だと囁かれる所以だろうか。

アナルドはふむと考え込む。

あの夜のバイレッタはひどく煽情的《せんじょうてき》で、妖艶で。一方で縋りつかれて可愛かった。楽しんでいたのかと聞かれれば、楽しんでいたのではないかと思われる。淡泊な自分が溺れるほどには、楽しい時間をお互いに過ごせているのではないだろうか。だが詳細を伝えるのもなんだか面白くない気持ちがして、上司をまっすぐ見つめる。

「そういえば、閣下は昇級されるのでしたね。おめでとうございます、大将閣下。どういうお気持ちでいらっしゃいますか？」

「君、本当に性格悪いよね……なんだよ、少しくらい部下の楽しい話を聞かせてくれたっていいだろうに。独占欲強いなあ」

独占欲とはどういう感情だろうか、とふと疑問に思ったがついたところで上司にからかわれるのは目に見えているので、それ以上は黙る。

「俺のせいではなく、つまり妻が魅力的ということでしょう。可愛くて清廉なんです」

だが避けたはずなのに、核心を突いてしまったらしい。

「ぶふっ、ちょ、待って……突然笑わせるのやめてくれる。死ぬ……僕の腹筋が確実に死ぬから」

「いたって真面目に話しておりますが」

「そう、そうなの。にしてもさっきの発言は笑える……どれだけ奥さん好きなの？」

「好き？」

「戦場で溜まりまくって体に溺れてるのかと心配したけどそうでもなさそうだ。可愛いだの清廉だのべた褒めしているし？　さすがに耳を疑ったよ。君でも何かを愛《め》でる気持ちがあったんだな」

「愛でる？　まぁ、閣下がよく女性を口説く時の会話を真似《まね》ただけですよ」

夜会などで彼とともに出席すると信じられないほど甘い言葉を吐き続ける男だ。自分は随分と控えめにしてみた。上司がこれほど驚くことでもない。

「なんだ、自覚なく惚気《のろけ》てたの。君が僕の真似してその言葉を選んだってだけでも十分に驚きだよ。さっさと自覚して奥さん大切にしてあげて。君の前で随分と可愛らしいんだろ？」

モヴリスの言葉をアナルドはじっくりと反芻した。

なるほど、確かに普段の自分では選ばない言葉のような気がした。

つまり自分の妻は、可愛らしくて清廉で、豪胆な興味の尽きない相手ということらしい。

それが好きという感情に結び付くと、モヴリスは言う。

「ですが、彼女は容姿を褒められるのは嫌いなのでしょう」

「うーん、問題はそこか。こうなったら、あれだ。体から落とすとかどうだい」

「体からですか？　どうにも初夜を失敗してしまったので自重しているところなので

すが。恨まれている気がします」

「ぶふぉおっ……ほん、ほんと待って……もうムリ……僕の腹筋が崩壊したから……やばい、引きつって痛い……もう責任とってもらうからなあっ」

「理解できません。面白いことなど何も言っていませんが」

「わかった、君が真剣なのはわかったから、ちょっと時間ください……ひーっはっはっはああっ」

モヴリスはひとしきり執務机をバンバン叩いて笑い転げた後、涙をにじませた紅の瞳を向けて、君の気持ちのままに妻に触れてごらんと助言をくれたのだった。

第三章　信頼と裏切り

スワンガン領地から戻ってきたら、次は祝勝会だ。祝勝会に参加するのはバイレッタとアナルドだけであるため、ワイナルドはそのまま領地に残っている。今回は早々に帝都に戻らせたりしない。義父が逃げ出さないようにバードゥにも言い聞かせてきたので安心である。

十日ほど離れていただけでは、帝都の気候もそれほど変わっていない。強い夏の日差しが少し和らいだくらいか。スワンガン領地と比べてやや気温が高くなるので、暑いと感じるほどだが。

夏季に行われる式典でも軍服はあまり薄手にならないらしい。アナルドに確認しても涼しい顔をしていた。彼はあまり暑がらない。特異な体質なのだろう。

涼しさとはかけ離れた軍服に合わせたドレスの生地も、重厚なものが多い。

夜会用のドレスといっても、軍人のための祝勝会と普通の夜会の装いとでは勝手が違う。主役は軍服を着た男たちで同伴者は添え物だ。アナルドは必ず一緒に出席するようなことを話していたが、軍人の妻に求められている役割は実はそれほど多くはない。夫の世話をして夫が戦地にいる間は家を守る。これだけだ。夜会は所詮夫たちの世界なので妻は控えていればいい。

バイレッタは実家の母を思い浮かべつつ、朝食後のお茶を飲む。すでに他の家人は食事を終えている。時刻はすでに十時頃だから当然だ。こんな時間まで寝ていたことなど、人生であっただろうか。心なしか頭が重い気がする。

体がだるいのはもちろん領地から戻ってきたからではない。

昨夜、突然夫たるアナルドが体を求めてきたからだ。領地にいた間は全く手を出してこなかったくせに、帝都に戻った次の日から求められる。別人かと目を疑うような所業だが、飽きたはずではないのですかと詰るのもなんだか悔しい。

賭けの勝率を上げるためとはいえ、妻への扱いがひどい。拒否権がないので、夫に求められたら応じなければならない。念書の項目にその旨を記載しなかった自分を心底後悔した。

その諸悪の根源は何食わぬ顔で、隣で優雅に紅茶を飲んでいる。

彼の朝は早い。それなのにバイレッタの朝食時間に合わせて食堂に現れる。つまり同じ時間帯で二人きりで食事をしていることになる。しかもわざわざ自分の隣の席で。

広いダイニングテーブルで、なぜこんなにくっついて食事をしているのか不可解だ。給仕をしてくれる使用人の視線が微妙に痛い。存外に仲がいいんですねと微笑ましげに告げられている。自分は半月後には賭けに勝って、離婚する身だ。全くもって誤解なのだが、声高に叫べないのが辛い。

「これだけ空いているのだから、わざわざ隣に座らなくてもよろしいのではないかしら」

「いつもと同じ席でなければ居心地が悪いもので。お気になさらず、召し上がってください」

しれっと答える男が、心底憎らしい。

以前であればその席にバイレッタが座り、今自分が座っているところにミレイナが座っていたはずなのだ。つまり、バイレッタが来るまでは彼の席だったのだろう。だからといって彼がいない間は自分の席だったのでと子供っぽい主張をするわけにもいかない。何より気になるのは席位置ではなく、彼の態度だ。

「そんなに見つめられては穴が開いてしまいますわ」

睨み付ければ、アナルドはゆっくりと瞬きをした。

きょとんとした顔はどうやら気がついていなかったらしい。領地にいた時も移動している時も食事している時も。どういうことだろうか。新手の喧嘩をふっかけられているのかと問い詰めたい。とうとう今朝は我慢できずに尋ねてしまっていた。

「これは申し訳ない。俺の妻はこんな顔をしていたのかと思いまして」

「毎日毎日確認していただかなくても別人と入れ替わったりはしていませんよ。それに今更ですわね。顔も見ずに戦地に赴かれたのは貴方でしょうに。もともと妻の顔になど、興味はございませんでしょう」

「そんなことはありませんよ。結婚が決まった時に絵姿をいただきました。その頃よりかは、柔らかくなったように思われますが」

どういう意味だと問う前に、思わず口を突いて出た言葉は異なるものだった。

「絵姿をご覧になっていたのですか」

「もちろん。妻に興味を持つのは当然なのでは？　ところで俺は変わりましたか」

反対に質問されてしまい唖然《あぜん》とする。結婚が決まった時に彼の絵姿を貰ったが、見もせずに暖炉に放り込んだ。顔を合わせなかったが、彼のほうは一応絵姿を確認していたらしい。なんてことだ、とバイレッタは内心で嘆く。

「あの……諸事情がありまして開ける前に暖炉で燃えました」

怒りに任せて絵姿を燃やしたとは言い出せず、ぼかしてみるとさすがのアナルドも固まった。自分の絵姿を燃やされたと告げられていい気持ちのする人はいないだろう。

謝るべきかとこっそりと考え、だがもう済んだ話だしとバイレッタは思い直す。

「ふはっ」

思案していると乾いた空気が聞こえて、思わずバイレッタは隣に座る夫を凝視してしまった。

彼は口元に拳を当てて、肩を震わせていた。無表情のデフォルトが崩れて、エメラルドグリーンの瞳が隠れるくらいに細められている。

わ、笑うとか反則だ！

今度はバイレッタが固まる番だった。

「失礼、まさか見る前に燃やされていたとは思いませんでした。正直、上司が勝手に送り付けていたので俺がどんな姿をしていたのか知らないのです。ですから見られなくて安心しました。今の俺をたくさん見てくださいね」

「あ、貴方こそ別人ではありませんか」

「そうですか。俺の何を知っているのかはわからないですけれど妻に興味を持たれるのは嬉しいものですね」

なぜか上機嫌のアナルドは少しも視線を外さずに穏やかに微笑む。

女誑《たら》しだ。なぜか誘惑されている気がする。

バイレッタはすぐに話題を転換する。このまま進めば危険な泥沼に誘い込まれるような錯覚に陥ったからだ。

「ゆっくりされていますけれど、お仕事のほうはよろしいの？」

「一ヶ月の休暇を貰ったと言いませんでしたか。まだまだ大丈夫ですよ。心配していただいてありがとうございます。貴女は今日は何か予定はありますか」

「ちょっと出かけることになっておりますが」

「どちらへ？」

「街まで、ですけれど……」

「ついていってもよろしいですか」

「は、はい？」

ついてくる、とはどういうことだ。領地で四六時中行動をともにした。せっかく帝都に戻ってきたのだから羽を伸ばしたいのに、またつきまとわれるとか勘弁してほしい。

バイレッタの頭は目まぐるしく働くがどちらかといえば、空回っている。

「あの、ちょっと買いたい物があるのですが。女の買い物ほど、殿方にとって退屈なものはありませんでしょう。おやめになられたほうがよろしいですわ」

「女性の買い物に付き合うのは初めての経験ですし、至らぬこともあるかとは思いますが。妻の欲しいものがわかるのならば有意義な時間ではないでしょうか。ぜひともご一緒させていただきたい」

物腰は柔らかくお願いの形式にはなっているが、有無を言わさずに押し切ってくるあたりは、なかなか頑固だ。よく回る口に、無口なイメージも壊れた。というか、これは身を引き締めなければ、領地と同じく振り回される結果になりそうだ。

彼は義父と同じで一度決めたら意見を変えないのかもしれない。穏やかな暴君など、一見相反するものだが、夫のなかでは十分に成立するらしい。

義母からの情報である無関心、冷徹な男というのはどこへ行ったのだ。目の前にいるのは、本当に夫なのか。別人であっても、残念ながらバイレッタは気づくことができないのだが。

ていのいい断り文句も思いつかず、結局二人で連れだって出かけることになった。

朝食を食べ終えて、身支度を整えた時にはすっかり昼食の時間になっていた。

待ち合わせは玄関ホールなので、階段を下りていくとアナルドが手持ち無沙汰に立っていた。薄いグレーのジャケットに水色のシャツ、黒のスラックスという簡素な出で立ちだが、彼は何を着ても気品がある。すらりと細身で背が高く、手足も長いのでバランスがいい。

仕立て自体もいいのだろうが、なるほどこれは女性が放っておかないという話も頷けた。うちの製品を着てくれたら、いい宣伝材料になるに違いない。商人魂がむくむくと持ち上がるが、必死に押しとどめる。

今日は買い物ついでに久しぶりに工場へ顔を出して新しい染料を試そうと思っていたのだが、アナルドを連れていくわけにもいかない。

困ったことになったと思いながら、階段を下りると、不意に足をもつれさせてよろめいてしまった。

気がついたアナルドがすかさず支えてくれる。

彼は着やせするタイプだ。しっかりとしたたくましい腕を感じた。とっさに助けてくれる優しい一面がある。だがバイレッタが日中ふらつくのは彼のせいでもある。

「無理は禁物ですよ」

「なっ……貴方が手加減なさらないからっ」

羞恥で顔が熱くなる。初心者相手に、彼はやりたい放題だった。意識を失うように眠った後のことまでは知らないが明け方まで弄《いじ》り倒されたらしい。どこまでが夫婦の普通かはわからないが、体は悲鳴を上げているのだから無茶なのだろう。

「貴女が魅力的なのが悪いのでは？」

「人を詰る前に、ご自身の理性をお叱りになったほうがよろしいかと……」

「それが不思議なんですが、俺はあまりそういう欲は強くないんです。つまり貴女の誘惑が巧みということではないでしょうか。抑えるということがなかなか難しいんですよ、困りましたね」

「どこに誘惑する要因がありました？」

思わず胡乱《うろん》な瞳を向ければ、アナルドはまるで困っていないように微笑む。

言葉の内容と態度にこれほど差が出る相手も珍しい。いけしゃあしゃあと嘯く夫の鼻っ柱をへし折ってやりたい衝動に駆られるが、ぐっと堪えた。

「無自覚とは末恐ろしいですね。回数をこなせば、そのうち落ち着くとは思いますが、しばらくは諦めてお付き合いください。賭けのうちですから」

十分に回数をこなしているのでは。夫が満足する回数ってどれほどなのだろう。

疑問は尽きず、好きにしたらとも言えないバイレッタは思わず言葉を飲み込む。

それは賭けの一ヶ月の間に毎日好きなだけやって、飽きたら放置するということだろうか。やはり最低な男だと認識を改める。

アナルドの腕をやんわりと押《お》し退《の》けてみたが、びくりともしなかった。むしろ腰に回った腕の力が少し強まったほどだ。

「あの、放していただけます？」

「ああ、すみません。貴女に見惚《みと》れていました。そのドレスも素敵ですね。淡い紫がとてもよく似合っています……しかし、こんなに無防備で今までよく無事でしたね」

無事とはなんだ。無体を働かれた記憶など、夫しかいないというのに。

一瞬、過去の苦い記憶が頭をかすめたが、彼の行動ほどではないと思い直す。

「貴方の頭に水を浴びせて正気づかせたいですわ！」

「はは、それも楽しそうだ。ですが今は外に馬車を待たせてありますので、残念ですが行きましょうか」

何が残念なのだろう。

本当に頭から水を被せてやろうか。

物騒なことをつらつら考えながら、感情のない冷血漢という事前情報通りの夫の帰還を切に願うバイレッタである。

彼はどうにも領地から戻ってきてから様子がおかしい。夜のこともそうだし、何よりも自分を見つめる視線がとにかく甘い。そんなもの今まで感じたことはなかったが、なんだか好意を寄せられているような錯覚を覚える。恋愛初心者なので、気のせいだとは思うがどうにも居心地が悪い。

自分の中に芽生えたもぞもぞする感情を振り切って玄関を出ると、夫の言葉通りすでに馬車が待機していた。帝都の高級な商店が建ち並ぶ区画に向かって走り出した馬車に揺られながら、アナルドが楽しげに問いかけてくる。

「今日はどちらに向かうつもりだったのですか？」

「そうですわね……」

祝勝会用のドレスをスワンガン領地に行く前に注文していたので自分の店に行くつもりだったが、そうなると事情を知っている店員にいろいろと突っ込まれそうで居たたまれない。そもそも自分のテリトリーに彼を連れていくことに抵抗を感じるのだ。だからこそ言葉を飲み込んで、頭を必死に働かせる。

できれば二度と女の買い物になどついていきたくないような思いをしてほしいところだが、男が女に付き合って退屈するものってなんだろう。全く想像がつかない。どれほど考えても、恋愛経験のない自分の人生に参考になる知識があるわけもなく。

むむむと心の中で唸りつつ、馬車の外に目を向ける。

以前義父と仕事の関係で帝都を歩いた時に、バイレッタが経営していた店まで付き合ってもらったが、服飾や宝石類が並んだ店は居心地が悪いと大層不機嫌だったことを思い出す。

親子仲が悪いとはいえ、血は繋がっているのだから彼もきっと嫌がるに違いない。先ほどは初めての経験だからわからないというようなことを話していたから、実際やってみればうんざりするに違いない。

服飾関係の店は同業者で入りづらいところもあるので宝石商の店に行こう。ちょうど宝石を注文していて、祝勝会にも使えそうなデザインだった。散財する者には好意も抱きにくい。小さなことからコツコツと嫌われれば、離婚できる確率が上がるというものだ。

よし、と意気込んでバイレッタはにこやかに微笑んだ。

「ピアモンテ宝石店に向かっていただけるかしら」

そして店に到着してすぐに後悔することになるのだが。

「これはこれはバイレッタ様、よいところにお立ち寄りくださいました！」

洒落《しゃれ》た扉をアナルドが開けてくれた途端、バイレッタの姿を見たピアモンテ宝石店の主人が揉み手をしながら走りよってきた。彼は宝石店の三代目経営者だ。叔父と変わらぬ年代の男だが、落ち着きという点でいきなり年齢が迷子になる。

「あ、あら。挨拶もそこそこにいかがされたのかしら？」

「昨日、買い付けに行っていた者が戻ってきましてね。いやあ、さすがはバイレッタ様です。仰られたように、東に出向けばもうそれはそれは質のいい宝石がゴロゴロとあったとか！　さあさ、ご覧になられて――」

「まぁ、注文していた宝石をたくさん仕入れてきてくださったのですね、ありがたいことですわぁ」

店主の言葉を遮るようにバイレッタは声を張り上げた。馴染みの店に来てしまったことを後悔したが、時すでに遅し、だ。そういえば、以前に彼に店の経営を相談されたことを思い出した。その際に、いろいろとアドバイスしたことが今の状況を生み出している。

やっぱり馴染みの店などやめておけばよかった。だが、もうどうしようもない。

しっかりと耳に入れたアナルドが不思議そうに首を傾げている。

「貴女が買い付けを進言したのですか？」

「まさか、そんなわけ……」

「そうなんですよ！　バイレッタ様が次に来ると仰られたものは必ず流行するのです。今回は東へと言われた時はあんな山の中に金や銀などの宝石があるわけないと思っていたのですがね。まさか、黄柱石《おうちゆうせき》とは。しかも良質！　それなのに、あちらでは加工技術がないからとくず石として放置されているのだとか。また、デザインをご相談させてください。いくつかはデザイン画が出来上がっておりますし、いくつかは以前注文いただいた試作品を仕上げておりますので、アドバイスもいただければ幸いですが」

「彼女からのアドバイスですか？」

アナルドが聞き返した横でバイレッタは内心で呻いた。

「バイレッタ様の宝石のデザイン案は素晴らしいですよ。斬新で繊細、大胆で優美。見ているだけで惚《ほ》れ惚《ぼ》れとしますから――と、申し訳ありません、どちら様でしたでしょう。バイレッタ様が男性と来られるのは珍しいですね」

「ええ、そうだったかしら？」

「戦争に赴かれた旦那様を一途《いちず》にお待ちしていらっしゃるのですから当然ではございますが……」

余計な一言が多い！

まるで自分が戦争に行った夫に操立てしてこれまでを過ごしてきたかのようだ。全く違うのだと言いたいのに、言える隙がない。これで宝石店の経営者なのだから店の経営が心配になる。客商売では、相手の表情を読んでさりげなく対応するような心がけが欲しいものだ。

「初めまして、妻がいつも世話になっています。夫のアナルドと言います」

「つま……おっと……夫？　ああ、貴方がアナルド様！　なんだ、お仕事で来られたのではなく夫婦でお買い物ですか、ではお邪魔してはいけませんね。しかしよかったですねぇ、無事に戦争からお戻りになられたのですか。バイレッタ様はこれほどの美貌でありながら、数々の相手を袖にしてずっとご夫君の帰還を待たれていたそうですからぜひとも幸せにしてあげてください！」

にこやかに微笑まれて、バイレッタは言葉を失った。今更離婚するつもりの相手だとか、言える雰囲気ではない。夫に操を立てて待っていたわけではなく、仕事に人生を捧《ささ》げていたら色恋から遠ざかっただけだ。恋愛より金儲けが性に合っていたとも言うが。

「ええ、ありがとうございます。大事にしますね」

アナルドは、バイレッタが驚くほど愛想よく応えていた。

貴方は噂に名高い冷酷無比な中佐ではなかったのですか。その冷血漢とやらがどこにいるのか所在がわかれば、今すぐに探索に出たいほどだ。

なぜ宝石店なんて選んでしまったのか。

バイレッタは心の中で盛大に頭を抱えてうずくまるのだった。

外の空気を吸ってくると言いおいて、バイレッタは一人先に宝石店を出ると一気に脱力した。アナルドはまだ買いたいものがあると言って、店内に残っている。義父のように居心地の悪さは感じないようだった。店主とすっかり話し込んでいるのだから。

今回の作戦は失敗だ。彼の性格を知らなかったことが敗因に違いない。むしろ自分へのダメージが大きすぎる。精神的疲労が大きい。

店の外で深々と息を吐き出した途端、鋭い悲鳴が通りから上がった。

「やめてください！」

声の上がったほうを見やれば、可愛らしい少女が二人の男に囲まれていた。男たちは軍服を着ているあたり、軍人には違いないがどこか退廃的な雰囲気がある。

初めて会った頃の義父のようだ。

休戦協定が結ばれて一ヶ月以上は経つ。帝都の中にもこうした軍人崩れのような輩を見かける機会が多くなってきた。

「ちょっと付き合うくらいいいだろ？」

「嫌です、離してくださいっ」

「優しくしているうちに、考えたほうがいいぞ」

「帝国軍人ともあろう方々が随分と見苦しいですわね」

「なに？」

バイレッタが思わず声をかけると、振り返った男が言葉を飲んだ。もう一人が相好を崩して相手の肩を叩く。

「お前はそっちにしろよ、俺はこっちにするから」

「なんとまぁ、上等な女だな。あんたが代わりに相手してくれるのか？」

「連れを待っているので結構です」

男たちを引き受けている間に逃げてくれないかと目線を送るが、少女は顔色悪く震えて自分たちを交互に見つつ、静かに成り行きを見守っている。男たちの片方は少女に意識が向いているので、逃がす気もなさそうだ。

さてどうすれば彼女から引き離せるだろうか。

「連れを？　こんなところで女を一人で待たせるなんて碌な男じゃない。やめて俺たちと遊ばないか」

確かに配慮にかける行いかもしれないが、バイレッタが居づらくなって勝手に店から出てきただけだ。アナルドが悪いとは言い切れない。

乗ってきた馬車は少し離れた場所に停めてしまったので、バイレッタは独り寂しく放置されているように見えるかもしれない。だからといって彼らが親切心から言っているわけではないことはわかっている。

「お仕事中ではありませんの？」

軍服を着ているのだから、仕事中だろうと告げれば彼らはにやにやとした笑いを浮かべただけだった。

「戦争を勝利に導いた俺たちに、ご褒美があってもいいだろう？」

「そうだ、帝国臣民のために長年働いてきたのだから」

それは戦勝記念式典を開催して、大々的に労われるはずだ。パレードも企画されていると聞いている。

そもそも、労ってほしいにしても自分たちでなくてもいいだろうし無理強いするなどもっての外だ。しかも、このような高級商店街で声をかけるなどと非常識にもほどがある。

「軍人様が、なんともお安いことですわね。もう少し誇りと矜持を持っていただきたいわ」

「なんだと？」

「女だとて容赦はしないぞ」

いきり立つ二人に、バイレッタはさてどうしようかと考える。相手は腰に帯剣しているので、抜かれると少々厄介だ。応戦しようにも丸腰ではどうにもならない。

武器になりそうなものといえば、手にした小さなハンドバッグが一つ。

周囲にそれとなく視線を向けて、ほかに武器になりそうなものはないか探した時、穏やかとも言える声がかけられた。

「お待たせしました、バイレッタ。おや、何かありましたか？」

「いえ。一人で店の前にいたので困ってはいないかと軍人様に声をかけていただいただけですわ」

振り返れば、自然な様子でアナルドが立っていた。いつの間にか店から出てきたらしい。男たちになどまるで興味がないようだ。まっすぐに見つめる視線には、少女すら映っていないのかもしれない。すっと腰に回された腕には、内心で片眉を上げてしまうが。

「そうですか、妻に親切にしていただきありがとうございます。では、行きましょうか」

「おい、待て」

「侮辱されて勝手に逃げてもらっては困るな」

せっかく気遣って話を穏便に終わらせようとしたけれど、相手は痛い目に遭いたいらしい。言われっぱなしで終われないのはわかるが、相手が悪いと気づかないものなのか。

私服姿だが、彼は佐官だ。明らかに階級の低そうな男たちでは太刀打ちできそうにない。それとも夫は優男に見えるのだろうか。人を見る目がないにもほどがある。

ちらりとアナルドを窺えば、にこやかな微笑みを浮かべている。

あ、これダメなやつだとバイレッタの本能が告げる。

項がピリピリとする。できれば今すぐに逃げ出したい。逃亡を阻止するかのように腰に添えられている腕に阻まれているけれど。

初夜もこうして怒っていた彼に、散々な目に遭わされた記憶が生々しく残っている。なぜ、この顔を見て自分たちが優位だと思えるのだろう。妻である自分は一番に逃げ出したいのに。

「まだ何か？」

「アンタの連れに侮辱されたんだ。軍人を労う気持ちがないに違いない。誠意をもって謝罪してもらいたいな」

「そうだ、誠意を見せろ」

「まあ、確かに彼女は軍人を労う気持ちは薄いようですがねぇ……所属と階級はどちらですか」

「なに？」

「一般市民に迷惑をかけるようなら再教育が必要なようですから。所属と階級を答えなさい」

眼光鋭くピシャリと相手に告げる姿は、人の上に立って命じることに慣れたものだった。

「なっ、あんたまさか軍人か……？」

「おい、拙《まず》いぞ。さっさと行こう」

男二人は顔色を変えて、あっという間に逃げていく。格の違いに気がつけてよかったとバイレッタは心から安堵した。

ぼんやりと夫に見惚れている少女に、バイレッタは向き直る。

「もう、大丈夫のようね。貴女もまた絡まれないうちにお身内の方と一緒にいたほうがいいわよ」

「あ、ありがとうございました！」

我に返って勢いよく頭を下げた少女は、そのまま雑踏の中に紛れていく。

「貴女がミレイナたちに好かれているのはこういうところなんでしょうね」

夫が不意に、義妹の名前を挙げたのでバイレッタは眉を上げる。

「突然なんですか」

「ドノバンからも聞いています。うちに嫁いできてから数々の武勇伝があるそうですね。義母を助け、ひとりぼっちの可哀想な妹に目をかけ、父の暴力に怯えていた使用人たちを助けたとか。奥様やお嬢様をはじめ使用人たちも若奥様を慕っていて舞台女優の信奉者を見ているようだと褒めていましたよ。先日の領地の件でもそうですが、貴女は本当にすぐに人を誑かしますからね」

「誑かしてません！」

家令たちはいったい何を吹き込んでいるのだ。

真っ赤になって否定すれば、アナルドは面白そうにくすくすと笑う。

「俺も今、その一幕を見させていただきました。なるほど、あんなふうに助けられれば惚れますね」

「実質、彼女を助けたのは貴方ですから。見惚れられていましたよ」

「え、貴女にでしょう？」

心底不思議そうに問われて、彼は天然なのだろうかとバイレッタは首を傾げる。明らかに頬を染めて熱い視線を向けられていただろうに。いや、彼の場合は他人に興味がないのだろう。

「ところで待たせてしまってすみませんでした、お怪我はありませんか」

「絡まれただけで問題はありませんわ。すぐに駆け付けていただきましたので」

「間に合ってよかったです。一部の帰還兵たちの様子がおかしいとは聞いていたのですが。さてあれが彼らの独断であればいいのですが」

「それは、貴方の身も危険なのではありませんか」

確かに最近、帰還兵が一般市民と問題を起こしていると帝都新聞にも記事が載っていた。戦勝ムードの陰で、何か見えない不満が溜まっているようだ。

思わずアナルドに問いかけると、彼はしばし瞬きを繰り返した。

「あ、あの……？」

「妻に心配されるのも悪くないですね。俺はむしろ貴女に憎まれていると思っていましたから」

「憎い……というわけでは……」

好きか嫌いかと聞かれれば、嫌いではないと思う。憎いという感情も薄い。

八年間も放置されて、戻ってきた夜に人権を無視した賭けを勝手に申し込んできて、無理やり体を繋げられたけれど。どうしてだか嫌いだとか憎いだとかいう暗い感情は生まれなかった。

だがそもそもバイレッタは誰かを憎んだり嫌いになったことがないのだが。

「では、次はどちらに行きましょうか」

にこやかに問いかけられて、バイレッタは思わず固まってしまった。

次ってなんだ⁉

いいえ、もう結構です、お腹いっぱいです。無理です。

心の中で盛大に喚《わめ》くけれど、顔には力ない笑みを浮かべるだけだった。

スワンガン伯爵邸に帰り着くと、バイレッタは疲労のために眩暈を覚えたほどだ。結局宝石店を出てから商店街をぶらつき、遅めの軽い昼食を食べてようやく満足したのか彼は家に帰ることを了承した。バイレッタの買い物についてきただけの夫に帰宅の許可を貰わなければならないのは謎だが。

なんとか伯爵家の玄関をくぐった時には、日はすっかり傾いていた。

顔色の悪い自分に対して、アナルドは始終にこやかな微笑を浮かべていた。見かけだけは穏やかに見せかけているのかと思えば、出迎えた家令のドノバンの表情を見てそうでもないと知る。

「わ、若様……な、何かありましたか……」

「なんだ」

「若様の口角が上がっているところなど、お小さい時でも見たことはございませんが……」

笑顔という名詞を使わないところが、ますますアナルドの無表情っぷりを際立たせている。今が異常事態なのだろうが、できれば自分とは関わりのないところでお願いしたい。

心の中で突っ込んで、決して口には出せないこの状況も疲労が増している要因の一つだろう。

「あら……まぁ、二人揃って……お帰りなさい」

玄関にやってきた義母のシンシアが、自分たちを見て困ったような微笑を浮かべた。同情的な視線を向けてくる義母はバイレッタが夫と離婚して家を出たがっているのを知っているし、なんなら協力的だ。昔義父から助けたことを今でも感謝してくれるほど義理堅い人物でもある。義父を説得して伯爵家から出すように働きかけてもくれている。けれど彼女の奮闘もすっかり無駄になってしまった。

半月後にはすべて解消して出ていくのでと、心の中で謝罪する。

「只今戻りました、お義母様。ミレイナは戻っていますか」

「ええ、部屋にいましたよ」

「旦那様、ミレイナに用事がありますの、行ってきますわね。今日はお付き合いいただいてありがとうございました」

「少しは楽しめましたか」

「もちろんですわ」

楽しむとは隣にいる大魔王がいつ降臨するかとびくびくすることを言うのだろうか。それとも、見慣れぬ笑顔の夫の横でぷるぷる震えたことか。欲しくもないものを眺めて時間をつぶし、全く味のしない砂のような食感の昼食を食べたことか。

どれも上級者向けすぎて、バイレッタには少しも楽しむ余地などなかったが。思い切り社交辞令で微笑んでみた。疲れすぎて、視界が明滅しているとは絶対に言わない。

よくわからないが、女の意地のような気もする。

だが、これ以上は限界だ。断固として休息を要求する。心の憩いが欲しい。

引き留められる前にバイレッタは街で購入したばかりの土産を持って、そそくさとミレイナの自室に向かうのだった。

アナルドと買い物に出かけた三日後は祝勝会だ。結局、注文していたドレスは届けてもらうことにしたので大きな問題はなかった。

どこにでもついてくるアナルドは、隙あれば手を出してくる。口づけや軽いおさわりぐらいならば、まあそこまで目くじらを立てるほどのことでもないが、下着の中にまで手を伸ばされるとさすがに止めざるを得ない。

領地では全く手を出してこなかったというのに、どういう風の吹き回しか。男のサガなのかなんなのか理解できないが、付き合わされるほうはたまったものではない。

祝勝会に向かう馬車の中でアナルドの手の甲をつねってやる。

手を引っ込めながら、夫は飄々と答える。まるで己が正義を口にしているように堂々としている。

「けれど、この一ヶ月は夫婦生活をしていいと念書に署名しましたよね」

「念書に署名はしましたが、夜もしつこいくらいでしょう」

「新婚生活とはそういうものだと聞きましたが」

「結婚してから八年も経っているのに新婚とは笑わせますわね！」

どこの新婚夫婦の話だ。しかも自分たちを新婚と称するとは図々《ずうずう》しいにもほどがある。

そもそも夜だけでも十分なのだが、朝も昼も場所も関係なく体を繋げてこようとするので困っている。

「せめて、祝勝会が始まるまでは大人しくしてください」

「では、始まればいいのですね」

祝勝会が始まっていったいどこでオイタをするつもりなのだ。普通の夜会ならば、休む部屋を用意することもあるだろうが、祝勝会ならおおっぴらにそんな部屋をいくつも用意はしないだろう。

そもそも、そんな破廉恥な行為を人前でするつもりなどバイレッタには微塵もない。思わずぎろりと睨み付けてしまう。獣でもここまで盛るまい。もっと冷静で冷徹で、他人に興味のないと噂の夫は死滅してしまったのか。欠片《かけら》でもいいから、どこかに残ってはいないものか。

深くも考えず念書に署名してしまった自分を呪い殺してやりたい。

向かう馬車の中で、バイレッタは夫の手綱を握るための方法を検討するのだった。

祝勝会が始まる前から随分と疲れた。

煌《きら》びやかな王城の中に設けられた祝勝会の会場で、バイレッタは深々と息を吐いた。

参加している人々はなんとも華々しい。祝勝会というお祝いムードも手伝って、全体的に明るく楽しげな様子だ。その中でバイレッタの表情は暗いのだから、さぞかし浮いて見えるだろう。その原因となった夫は、自分の横でしれっと立っている。

だが、バイレッタも暗い顔をしている場合ではない。今回着ているドレスは経営している店の新作だ。お披露目の場としては上々で、気合いを入れて臨んでいる。

典礼用の軍服は深い緑に、金や銀の糸で刺繡《ししゅう》を施したものだ。それに勲章やら徽《き》章《しょう》やら階級章をつけているので華やかさもひときわとなる。それを服に負けることなく着こなせる夫の横で胸を張る。

バイレッタが着ているのは典礼用の軍服に添えるような色調で、デザインに凝っている。細部までデザイナーと針子の手が込んだ今シーズンの店の一押しの代物だ。できれば、ここで話題になっておきたい。どんなシーンでも対応できるデザインを提供できると印象付けておきたいところだ。

だが、隣に立つ夫を見て、自分の姿が霞《かす》むかもしれないと不安を覚えた。

会場に入ればさすがは中佐だ。堂々とした貫禄と落ち着いた物腰は、周囲を圧倒している。なんとも憎らしいが、美しさという点では会場随一だ。彼にはどのように着飾っても太刀打ちできない。

女の自分がなぜ敗北感を与えられるのか腑に落ちないが、素直に負けを認めたくなるほどには格好いい。典礼用の軍服が、ここまで似合うとは思わなかった。軍服とはもともとある程度は格好よくなるように作られてはいるが、美が超越している。

今日はあまり商談に繋がらないかもしれないと内心でため息をついた。

それにしても、夫へ集まる視線は凄《すさ》まじい。ちらちらと男女問わずに熱の籠もった視線を投げかけられている。本人はいつものことなのか、全く動じた様子もない。その姿がますます彼の存在感を際立たせていた。

社交界に出れば、評判のよくない噂ばかり掻き立てられているバイレッタにも悪意の籠もった目を向けられる。それでも夫ほど視線の数は多くないだろう。そもそも意味合いが異なる。

ふと談笑している一団に目を向けた。数多くの勲章をつけた初老の男が中央で囲まれていた。彼の周囲にも年配の軍人たちがいて、熱心に話し込んでいる。アナルドがバイレッタの顔の向きから察して、中心にいた人物の名前を教えてくれた。

「ヴァージア・グルズベル大将閣下ですよ。もう元大将閣下ですが。退官されたそうですから」

「彼が？」

名前は父からも聞いたことがある。歴戦の英雄とまで言われている軍人だ。だが、囲まれて談笑している姿からは幾度も苛烈な作戦を指揮した人物であると想像できない。一国を焦土に変えるほど、彼の通った後には血すら燃えて黒くなるとまで囁かれていた。

「随分とその……小柄な方ですのね」

「見た目もそうですが、性格も温厚で人格者でもあります。彼を前にすると皆、同じように驚きますよ。ただ彼はドレスラン閣下の直属の上司でもあります」

「それは……なんとも……」

悪魔なモヴリスを従えられるというだけで、相当の人格者か性格破綻者かのどちらかだろう。すっかり白くなった髪を撫で付けたヴァージアを見て心労だろうかと同情してしまう。

「閣下には昔助けられたことがありまして。俺の恩人でもありますね」

「そうですか」

アナルドはモヴリスの部下だ。きっと上司に苦労をかけられていたところを助けられたのだろう。恩人などと殊勝に感謝する夫の姿にバイレッタは戦慄を覚えた。そんな恩など鼻で笑い飛ばしそうなイメージだったが、意外に義理堅いのだと知ったからだ。

「何か失礼なことを考えていそうな顔をしていますが」

「とんでもございませんわ、旦那様。さぞや立派な御仁なのだろうと感心していたところでございます」

勘のいいところは義父そっくりだ。さすがは親子だとバイレッタは心の中で嘆息する。

「ひとまず、飲み物はいかがですか。アルコールは大丈夫ですよね？」

「ええ。ですが、軽いものでお願いいたします」

「わかりました」

近くにいた給仕係から飲み物を二つ受け取って、バイレッタに一つを渡してくる。

やや透き通った果実酒だ。甘すぎず辛すぎない口当たりのよい発泡酒だ。さっと選択できるとは。彼のエスコートぶりに感心する。

どれほどの数の女の相手をすればこれほど洗練されるのだろうか。

「ありがとうございます」

彼は自分自身には葡萄酒《ぶどうしゅ》を選んだ。深紅の液体はとろりとしていて蠱惑《こわく》的だ。グラスを傾けて一口飲む姿はどこか淫靡な雰囲気になる。ここは軍人のための祝勝会で明るい場のはずだ。そこかしこで談笑も聞こえるというのに、一気に夜の妖艶な姿を思い出してしまうのだから、自分はどうしようもない。美貌の夫を持つのも考えものだなと呆れる。

そんな考えに陥るのは、周囲の視線がいつもの夜会のように、とげとげしいものに変わってきたからだ。噂は噂でしかないが、それが自身の足元を掬《すく》うことも知っている。

自身の苦い過去を思い出しながら、バイレッタは周囲の視線の種類について考える。侮蔑や嫉妬ならば簡単だが、どこか下卑た視線も混じっている。

一口発泡酒を含んで、思案しているとアナルドが不意に顔を覗き込んできた。

「口には合いますか？」

「え？」

「女性はもう少し甘めの酒のほうを好むと聞きますが、あなたは甘い物は苦手でしょうから、こちらにしたのですが。あまり口には合いませんでしたか？」

「いいえ、美味しいです」

「そうですか」

ふっとアナルドが微笑んだ。

いつもの甘い笑みだ。だが、バイレッタに向けられていた周囲の視線が一変したのを感じる。皆、息を詰めて信じられないものを見たかのような空気になっている。

先ほどまでの侮蔑も怪しげな視線も、すべて驚愕《きょうがく》というさざ波に変わった。

冷徹で無表情の中佐でなくとも、役に立つこともあるものだ。迷惑甚だしかった笑みに、バイレッタは初めて感謝の気持ちを向けるのだった。

「なんとも驚いたな……君もそんな顔ができるんだね」

固まった周囲を壊すかのように間の抜けた言葉がのんびりとかけられた。

アナルドは正面からやってきた栗毛の男に敬礼を返す。その横に並んで立つ派手な容姿の女性にはまるで目もくれない。基本的には夜会に伴うパートナーは一種の飾りだ。妻帯者であれば一礼するだけで済むし、高級娼婦《しょうふ》なら特に挨拶も交わさない。そうはいっても、これほどの美女を前に一瞥もくれない夫は、他人の美醜には頓着しないのだろうか。

「先日の続きでからかって遊ぼうと思ったのに残念だなあ」

「大将閣下、本日はおめでとうございます」

モヴリス・ドレスラン中将改め大将だ。昼の式典で階級が上げられた。柔和な顔を顰めて、心底嫌そうにモヴリスは口を開く。

「あー、うん。君、僕がそういうの嫌いなの知っていてやってるよね。いい性格だよ、全く。寛容な上司に感謝してよ。いいさ、話題転換に付き合ってあげるよ。ほんとは君も引っ張り上げるつもりだったんだけど、ポストがなかなか空かなくてね。ま、今回は勲章と報奨金で勘弁してよ。そのうち、二、三階級上げてあげるから」

「それは俺が死ぬ時では？」

「そんなわけないでしょうが。それにこんなに楽しい奥さん残して死ねないでしょう？」

楽しいとはなんだ。せめて美人と称してほしい。だとしたらいつものように返せるのに。彼に褒められてもバイレッタとしては嬉しくもなんともないが。

しかし、アナルドとモヴリスは仲がいいようだ。バイレッタに結婚話を持ってきた時にも「可愛がっている部下」と父に話していたそうだが、実際目にしてみると並んでいる二人に違和感がない。一見すると人を寄せ付けない空気をまとっている夫と、柔和な仮面を被っている夫の上司だが、中身は似た者同士ということだろうか。

「君の興味深い条件を満たしてあげてその上満足させてあげたんだから、文句ないでしょ」

「ええ、とても感謝しております」

自信満々に笑うモヴリスにアナルドがしたり顔で頷いている。

あの道場破りのような見合い条件はやはり夫から出されたものらしい。単純に面白そうだという理由でつけられたようだが、合致してしまったバイレッタの胸中は複雑だ。

勝手に面白がらないでほしい。

「随分と心配していたけど、すっかり仲良しだね。僕の言った通りになっただろう」

「閣下にそこまでご心配をおかけしていたとは思いませんでした」

「そりゃあ、僕は仲人だし？　君は真面目に質問してきたんだし。それなりに気を配るよね」

質問という点はよくわからないが、彼が仲人だから心配しているという点は非常に懐疑的である。白々しく何を言ってるんだとバイレッタは遠い目をしたが、夫も同様らしい。はからずも夫婦らしく同じ感情を抱いてしまったが、もちろん気分は晴れない。

普通の仲人は部下が言い出した道場破りのような結婚条件に合致した娘にバイレッタを挙げないはずだ。そして条件を撤回するように諭すべきである。

その件に関しては未だに根に持っているバイレッタであった。

「バイレッタ、君のお父上も向こうにいたよ。久しぶりに顔を見せてあげれば？　君たちの噂を聞いて随分と顔色を悪くしていたからね」

噂とは、いったいなんの話だろう。

バイレッタの結婚を仕組んだ本人がいけしゃあしゃあと神妙な顔すら作らずに楽しげに告げるのを見ると、碌な話でないことだけはわかる。

父が戦地から戻ってきたと聞いてはいたが、特に用事もなく仕事も忙しかったので実家には戻らなかった。よくよく考えれば薄情な娘である。夫のみならず父とも八年ぶりの再会だ。

「閣下のお心遣いに感謝いたしますわ」

「バイレッタも久しぶりに会ったらますます可愛げがなくなったねぇ。若さがなくなって渋みが増したんじゃない。需要が一番高い時期に早々に結婚相手を見つけてあげた僕にそりゃあ感謝するよね」

ああ、殴ってもいいだろうか。

父から散々彼のことは聞き及んでいる。想像通りの腹立たしい男だ。

今回さらに地位を上げたとは、軍はこの男を掌握できていないのではないだろうか。

それとももう乗っ取られているのか、と疑いたくなる。大将の階級といえば、ほぼ軍のトップに近い。こんな悪魔に実権を握らせては暴走するのが目に見えているというのに。

「今度、家に遊びに行かせてもらうかな。その時はよろしくね」

「お待ちしておりますわ、ドレスラン大将閣下」

「君たち夫婦は本当に可愛げがないね……」

あまり嬉しくはないが、褒め言葉として受け取っておくことにした。

モヴリスと別れて壁際で談笑していた父を見つけて、話が一段落したところを見計らって声をかける。

「お父様、お久しぶりですね」

「ああ……バイレッタ」

顔を向けた父は、記憶の中よりも老けていた。

八年間という年月が経ったのだと実感するには十分だ。目元の皺も白髪交じりの髪も、月日を感じさせる。だが佇まいはやはり軍人だ。多少痩せたとはいえ、しっかりとした立ち姿は記憶の中のものと変わらない。

母とは何度か会ってはいるので、今父の傍にいなくても気にはならないのだが。

社交的な母は軍人の妻として取りまとめのようなことをしている。戦時中は父の部下の妻たちの愚痴を聞いたり世話をしたりと細々と気遣っていた。

今も会場のどこかで話をしているのだろう。

「この度はおめでとうございます。准将閣下」

「ああ、ありがとう。君は勲章授与だったか。補給戦線の各個撃破を進言したのは君だと聞いているが」

「あれはたまたま部下が優秀だったからできたことです。准将閣下はあの橋を陥落させた件だと聞いております」

意外にも父は穏やかにアナルドと会話をしていた。

伯爵家に預けた時には、いつでも家に帰ってきていいと話していたというのに。それにモヴリスも心配していたようなことを話していたが。

あまりの穏やかさに、娘の自分が居心地悪く思えるほどだ。

ひとしきり話し終えた父は、バイレッタに再度目を向けた。

「バイレッタはますます母さんに似てきたな。すっかり女らしくなって」

「娘ですもの、当然ですわ」

女神と称される母とそっくりな容貌は自覚があるので、バイレッタは頷くしかない。

「相変わらずの性格は直らなかったようだが……あまり夫に迷惑をかけるなよ」

むしろ迷惑をかけられているのはこちらだというのに、父はすっかりアナルドの味方のようだ。そもそも、久しぶりに会った娘をもう少し褒めてもいいだろうに。女らしくなったと褒めたくせに一瞬で娘の株を落とすとはどういうことだ。

「その、君は噂を聞いているとは思うが……軍の中でもこちらに残っていた者たちの間では随分と噂になっていたようだ。おかげでこの会場でもチラチラ聞こえてくる。もう私が守れるようなものではないが、気をつけてほしい」

「私は事実無根だと知っております。そのような噂になってしまったことをお詫《わ》びします」

また噂だ。

何か軍人たちの間で、まことしやかに囁かれている話があるのだろうか。

バイレッタは聞いていいものかどうか悩みつつ、二人を見つめた。

「仲がよろしいですわね。てっきりお二人は初対面だと思っておりましたわ。いつ顔を合わせたのですか」

「あ、ああ……日中に式典があっただろう。そこで挨拶してもらったんだ」

「一度も伺ったことがなかったので、いい機会だと思いまして」

祝勝会は夜に始まるが、昼間は記念式典があり、報奨の授与式が行われていた。二人はその式典中に出会っていたようだ。

「そうですか。とても立派な旦那様で、お父様もご安心なさったでしょう?」

盛大な嫌みを込めて父を一瞥すれば、父は険しい表情でアナルドを見やる。

「こんな小憎らしい娘で申し訳ありませんが、何とぞよろしくお願いします」

「ええ、承知しております」

小憎らしいところは否定しないらしい。

父よ、小憎らしいとはどういうことでしょうか?

夫よ、そこは否定するべきでは?

バイレッタは二人の間で憮然とするのだった。


祝勝会というのは、ひとまず軍の関係者が一同に集まって飲んで騒ごうという会らしい。あちこちで仲間同士が集まり勝利を褒め讃《たた》え合い、生きて戻ったことを祝う。すっかり浮かれてお祝いモードになっている会場で、アナルドは部下たちに話しかけることもなく出会う上官に時折会話を交わす程度だった。父は部下たちを労ってすっかり出来上がってしまっている。離れたところからでも盛り上がっているのがよくわかる。

「旦那様は他の方のところには行かないのですか」

「俺が行っても場の空気を悪くしますから」

特に気にしている様子もなく、アナルドは何杯目かのグラスを空にした。

淡々と告げられた言葉に、そうですかと同意することも憚《はばか》られる。

八年間も戦争をともにした部下と良好な関係が築けていないのだろうか。

この人は大丈夫なのかと心配になる。

「バイレッタ・ホラント？」

これまではアナルドの名前ばかり呼ばれていたが、まさか自分の名前が聞こえてくるとは。バイレッタは思わず身構えた。しかも旧姓だ。軍の関係者に自分をフルネームで呼ぶ知り合いはいない。たいていは『ホラント大佐の娘さん』などだ。

つまり碌な相手ではないだろう。

声をかけられたほうに視線を向ければ、夜会服に身を包んだ上品そうな青年が立っていた。貴族らしい貴族だ。それも帝国貴族派に属する中でも上位に入るほどの。金糸に縁どられた上品そうな上着や、極上の柔らかさを持つカラータイに、体にぴたりと沿うように仕立てられた服はそれだけで帝都の上流のテーラーの品であることを物語っている。工場で量産されるような既製品などに目を向ける輩ではない。

エミリオ・グラアッチェ。

グラアッチェ侯爵家の嫡男で、立法府議会議長補佐官という肩書を持つ。バイレッタとは同じ年で尚且《なおか》つスタシア高等学院の同級生だった。

白に近い白金の長髪を後ろで一つに束ね、鋭いアイスブルーの瞳を持つ、アナルドとはまた一味違った美形だ。

態度は尊大で横柄。性格は狡猾で陰険で陰湿。

やはり碌な相手ではなかった。貴族派の夜会で遠目に見る程度でこんなに近くで見ることはなかった。学院の頃の記憶の中よりも随分と男らしくなってはいるが、だからといって嫌な陰をまとっているところは変わらない。

わざわざ嫌っている女に声をかけるとはどういうことだ。

「あら、お久しぶりですわね。グラアッチェ様」

「お知り合いですか？」

アナルドがバイレッタの顔を覗き込んでくる。探るというよりは純粋に興味があるようだ。貴族派の若手と知り合いだというのが不思議なのだろう。いや夫は彼を知っているのか、と疑問に思いつつなんと答えたものか迷う。

顔見知りというか、因縁の相手というか。

ひとまず頷いておく。

「ええ。学院の同級生でしたの。旦那様は彼をご存じですか？」

「ああ、立法府議会議長補佐官殿ですよね」

エミリオは何より自身の肩書を愛しているので、アナルドが知っていたことに気をよくしたようだ。案の定、口の端を上げてなんとも嫌みったらしい表情を向けてくる。

「議長閣下が来られないので、代わりに私が参加しているんです」

議長は貴族派の頭なので、軍人派の本拠地たる祝勝会など参加しないのだろう。皇帝も参加する会なので、儀礼的に声をかけているだけだ。それは議長自身もわかっているので若い者を代理として派遣しているだけだと推測できる。つまりは雑用だ。そんなに誇らしげにすることでもないが、エミリオは得意満面だ。けれど、彼は軍人を見下している。本当ならば参加するのも不本意なはずだ。

「この度の報奨金の支払いが滞っていると聞きましたが、その件で来られたのですか」

「報奨金？」

アナルドに問いかけられると、途端にエミリオがばつの悪い顔をした。まるで痛いところを突かれたという顔だ。

戦争の報奨金の交渉は軍と立法府が行っていると新聞には載っていた。隣国からは十分な金額を貰ったと書かれていたが、まだその支払いがされていないとは不思議な話ではある。

「それは、私の権限ではありませんので。後日、議長よりお話があるかと思われますが。私も何かと忙しい身なので、いつまでもこんな火薬臭い場所に居座るつもりはありませんが、中佐殿には忠告をしておこうと思いまして」

相変わらず傲慢で空気の読めない男だ。

軍人だらけの会場で、軍人の悪口を言ってどうする。貴族派と軍人派の仲が悪いのはわかるが、建前だけでも取り繕うべきだろうに。

「スワンガン中佐の奥様が君だとは思わなくてね。どうりで噂が絶えないわけだ」

「どういう噂かしら？」

また噂だ。

バイレッタが首を傾げれば、アナルドが怜悧な瞳を向ける。

「どういうつもりです？」

やや低くなった声音で問い返す様は、彼の不機嫌さを表していた。

「いえ、此度《こたび》の戦の立役者たる中佐殿が騙されているのを黙って見ているのも心苦しいですから。ご存じないでしょうが、この女は学院の男どもを手玉にとって好き勝手し、教師からも煙たがられていたのです」

エミリオはアナルドの反応にもめげずに、むしろ得意そうに語る。そもそもそういう噂を流したのが、目の前の男だ。女であり、軍人派の娘が自分たちよりも頭がいいことを妬まれた結果だ。男の嫉妬ほど見苦しいものもない。女よりも根深いものを感じる。いや、性別は関係なく、この場合は相手の性格かもしれないが。

だが残念ながら彼が広めたという証拠もなく、バイレッタの味方もいなかった。四年間の学院生活は地獄だったと言わざるを得ない。そのうち同級生の二人が、バイレッタを襲ったのだ。いわゆる強姦《ごうかん》だった。乱暴を働くように少年たちをけしかけた首謀者が彼だ。

ちょっと脅すために少年の一人がナイフを出した。それをバイレッタが奪って反対に少年を傷つけた。相手はかすり傷だ。それでも貴族の子弟は繊細だった。わんわんと泣き出して大騒ぎになった。

これが今も父や叔父からも呆れられる学院時代の刃傷沙汰だ。

正直、そんな大げさなものではないと思っていた。腕の皮膚をちょっと切っただけで、服で隠れるし何より相手は男だ。こっちは貴族の娘として大事な貞操を傷つけられるところだったのだ。そもそも反撃されないと考えていただけ浅はかだ。

ところが強姦は未遂で済んだが、なぜかバイレッタが誘ったとして自分だけが処分を受けた。

そのまま卒業してしまったので、バイレッタの成績は最低だった。試験を受けていないので当然だ。むしろ卒業資格を得られただけマシだったとも言える。なんにせよ、名誉も尊厳もズタズタだ。

自分の容姿が整っているのは知っている。女神と散々称される母譲りなのだから。それでもよくわからない男たちを引き寄せるのだけは嫌だ。バイレッタは自分の顔が嫌いになった。ついでに言えば、もともと異性が苦手だったが、この一件で完全に男嫌いになった。憎んでいるといってもいい。

つまりエミリオは昔からの敵だ。

噂は貴族派が集まる夜会でもすっかり広まり、社交界デビューをしても色褪せる気配もない。それはアナルドと結婚しても変わらず、叔父や義父との体の関係を疑われるまで発展した。もちろん、義父は憤慨して否定したし、義母は事実ではないと知っているので苦笑するだけだ。

だが、まさか軍の関係者にまで同様の噂を流されているとは思わなかった。

「今もいろんな男と関係しているんだろう？　それこそ中佐殿の父親を筆頭にな」

「噂を流したのはやっぱり貴方だったのね……」

不敵に嘲笑う男は、昔とちっとも変わらない。

会場に入ってずっと不愉快な視線を向けられていた理由を察して、噛みつこうとするとすぐに硬い声が割り入る。

「妻を侮辱するのはやめてください」

バイレッタが言い返すよりも前に、ぴしゃりとアナルドがエミリオに言い放つ。

これまで散々彼を怒らせてきたが、今が一番怒っている。夫の視線だけで相手が凍り付きそうなほどだ。そんな視線を向けられたエミリオはたじたじとなっていた。基本的には小心者なのだ。

「で、ですが中佐殿のために……」

「関係ありません。妻のことは私が一番よくわかっています。彼女がどれほど高潔かということもね」

「彼女は学院時代に同級生を刺したこともあるんですよ。淑女の顔をしてとんだあばずれだ。中佐殿が傷つけられたら大変ではありませんか」

「妻の剣の腕は知っています、もちろんどれほど格好がいいのかもね。見惚れてしまうほどだが、その切っ先が向かうのは不埒《ふらち》な者だけにですよ。理由のない暴力など、彼女が一番唾棄すべき行為でしょうに。それとも貴方は向けられたことがあるのでしょうか。だとしたら彼女の逆鱗《げきりん》に触れるような行いをしたということになりますが」

「こ、これは失礼しました、中佐殿。では……」

エミリオにしては珍しくしどろもどろで、会場の奥へと姿を消していく。

バイレッタは隣に静かに並ぶ夫を見つめた。彼の表情には一貫して変化がない。

妻が悪女だと、数々の男と関係したと噂を知っていたのに怒りもしなかったのか。いや、知っていたからこそ、賭けを持ち出したのだろう。適当に遊んで離婚するつもりだったのだろうか。それとも、懲らしめるつもりか。他人にあまり興味のなさそうな彼が、わざわざそんな手間をかけるだろうか。

そこにどういう意図があるのかは、まだ読めないけれど。

女だてらに剣を振り回すことを父も叔父もあまり好まなかった。学院だって剣の扱いなど教えてくれない。ほとんど独学のようなものだ。義父は打ち負かされたことが悔しくて度々相手をしてくれたが、こんなに全面的に受け入れられたのは初めてだ。

格好いいだなんて言ってくれたのは、夫だけ。しかも遊びで剣を振るのではなく、信念があると認めてくれた。

身の内にこみ上げる感情をなんと呼ぶのか。

バイレッタは形容しがたい気持ちを込めて、傍らにいる夫であるアナルドを見上げた。

「旦那様は噂をご存じでいらっしゃったんですね」

「婚姻相手の身辺調査をするのは普通のことでしょう」

貴族の婚姻や軍の関係者ならば、当然かもしれない。

だが知っていたのに、自分との結婚を承諾したとは。毒婦なんて呼ばれて、同級生と刀傷沙汰を起こすような女を妻にするだなんて、どれほど関心を持たれていないのかと呆れる。それとも他の理由があるのだろうか。

「ご存じだったのに、私と結婚を？」

「知ったのはつい最近ですから婚姻後になります」

「それなのに離縁したいという妻の願いを一蹴して、おかしな賭けを持ちかけてきたのですか。普通は噂を知った時点で離縁しませんか」

アナルドの頭の中はどうなっているのだろう。

どうにも夫が突飛すぎて、読めない。

「最初はいろいろと思うこともありましたが、領地や普段の貴女を見て所詮噂だと思い直しました。軍の中でも随分と貴女に関する噂は広まっていたので、どうやら俺の妻の人気はとても高いようですね」

「え……人気、ですか？」

批難されるかと思えば妙に感心しているようなアナルドの様子に、思わずバイレッタは聞き返していた。

「貴女に振られた男たちが悔し紛れに悪評を流したようです。おかげで、俺はとんだ悪女を嫁に貰ったという話になっています」

「だったら離縁してください」

会場に入った途端に向けられた視線の意味がわかって、妙に納得した。だが夫の態度だけは腑に落ちない。

きょとんとバイレッタが瞬けば、アナルドも不思議そうに首を傾げた。

「こんなに素敵な妻を手放す男がいると思いますか？　残念ながら、俺は愚かなつもりはありませんよ。どんな男にも落とせない難攻不落の妻を得られた幸運を自ら放り出すことなどしませんから」

いつもならば容姿を褒められてもなんとも思わない。難攻不落と称されて褒め言葉と素直に受け取るのも難しい。そもそも褒められているのかも疑わしい。

だが、ぼっと顔が熱くなるのがわかった。

夜の行為とはまた別の羞恥がバイレッタを襲う。

妙に居心地が悪く、心臓が躍る。

純粋に嬉しいのだ。

初めての経験に狼狽えてしまった。

「す、すみません、少し、あの化粧直しに行ってきます」

「では、俺は外で涼んでいますね」

「はい」

バイレッタは足早に会場の外の廊下へと向かう。なぜか夫の隣にいるのが気恥ずかしい。心臓はドキドキしていて叫び出したい。

理解してくれている。認めてくれた。批難もされない。何より庇《かば》ってくれた。

誰かに面と向かって庇われるのは初めてのことだ。それが叫び出したいほどに嬉しい。

「バイレッタ・スワンガン様でいらっしゃいます？」

廊下に出た途端に、声をかけられてバイレッタはドキドキする鼓動に合わせて勢いよく振り返ってしまった。

立っていたのは、金色の巻き毛の豪奢な女だった。紫色の毒々しいドレスが清々《すがすが》しいほどよく似合っている。

原型がわからないほどの厚塗りの化粧と鼻が痛くなるほどの香水に、思わずバイレッタは顔を顰めそうになるのを必死で堪えた。

「そうですが……」

「突然、申し訳ありません。私、カーラ・ライデウォールと申します」

年齢は三十代だろうか。濃い化粧のせいでよくわからないが、妖艶な雰囲気は大人の女性らしさを表している。胸元が大きく開いたドレスが下品にならないのは女王のように気高い雰囲気を持つからだろうか。

惜しげもなく晒された豊満な胸から、慌てて視線を上に向ける。

ライデウォールといえば、スワンガンと同じく伯爵位だ。もちろん貴族派で、それなりの地位を得ている。

社交界でもよく噂を耳にした。『魅惑の女帝』と呼ばれている女伯爵だ。

ライデウォール伯爵家当主に十五歳で後妻として嫁いだ若きカーラは、その後夫を亡くし未亡人になった。それからは未亡人のまま数々の男たちの間を渡り歩き、社交界の徒花《あだばな》として名を広めた。

今は彼女の息子が成人するのを待っている最中で、中継ぎの爵位となっている。

実質の執務は元伯爵の実弟である男爵家当主が兼任しているとの噂で、カーラは恋愛にいそしんでいるとの話だ。

社交界では派閥が異なるので遠目に眺めるだけだったので、こんなに強烈な女性とは知らなかった。

バイレッタの噂は事実無根だが、彼女は本物の毒婦である。

社交界を仕切る貴族派だけでは飽き足らず、軍の関係する夜会にまで参加してくるのだから相当に顔が広い。彼女の周囲には軍人がいないはずだから、どこかの男に頼んで連れてきてもらったというところだろうか。

わざわざなんのためにそんな労力をかけるのかといぶかしんでいると、吊り上がり気味の目を細めてカーラが口を開いた。

「アナルド様はどちらにいらっしゃるかご存じ？」

「主人なら、会場のほうにいると思いますが」

そういえば先ほど涼むと言っていたから、テラスに出たのかもしれない。

「それが会場でお見かけしないのだけれど。奥様もご存じありませんのね」

　ふんと小馬鹿にしたように鼻を鳴らしたカーラはじろじろとバイレッタを上から下まで不躾《ぶしつけ》に眺めた。

「お若い方にアナルド様の相手が務まるとは思わなかったけれど、貴女随分と浮名を流してらっしゃるそうね」

「お恥ずかしいですわ。事実とは全く異なるでたらめな話が広まって困っておりますの」

「でたらめだなんて、白々しい……」

「私にはライデウォール女伯爵様ほどの魅力はございませんもの」

　相手を持ち上げるような言葉だが、若干の嫌みも込めてみた。

　気づくかどうかは相手次第だが、彼女は別のことを不快に感じたようだ。冷静に返したバイレッタの態度が気に入らなかったのか、整えられたカーラの柳眉が寄せられた。

　冷ややかさの増した流し目に、彼女が今日現れたのはアナルドが目当てだと知る。

「私たち、昔馴染みなんですのよ。といっても彼が成人されてからですけれど……ほら、殿方って初めての相手が記憶に残るって言いますでしょう。まあ奥様にこのようなお話を耳に入れるのではなかったですわ、ごめんなさいね。久しぶりに彼と話がしたくなりまして……少し旦那様をお借りしてもよろしいかしら？」

「そうですか」

肉厚な真っ赤な唇から零《こぼ》れるねっとりとした声音は、どこか不快な印象を与える。それとも性別が違えば耳に心地よい声に聞こえるのだろうか。わざわざ自分に確認しつつ関係を暴露するということは、宣戦布告か牽制されているのだろう。

もちろんどうぞ、と押し付けたい気持ちもあるが、それと同時に夫の趣味の悪さに心の中で毒づいてもいた。

いくら夫の初めての相手と言ってもこれはない。

ミレイナのほうがよほどいい女だ。

義妹の可憐さには全く興味を示さなかったくせに、この毒婦とは関係を持つなどと、夫の女性遍歴に思わず眉を顰める。それを見て満足したのか、カーラは失礼と言って去っていった。

一瞬だったが、ひどく強い香水の匂いがどこまでも残って不快さが増した。

ムカムカする胸を押さえながら、バイレッタは足早にレストルームに向かうのだった。

アナルドが外に涼みに行くと言っていたので、レストルームから会場に戻ってテラスのほうに向かうと、奥まったところに夫の姿が見えた。

テラスの欄干にもたれて、誰かと話しているようだ。

だが、先ほどのカーラの姿は見えなかった。少しほっとした自分に首を傾げてしまう。なぜ彼女の姿がないことに安堵するのだろう。あの濃厚な香水の匂いをかがなくて済むからだろうか。

「久しぶりに会ったら女伯爵様は強烈だな。よく相手をしていられるもんだ」

アナルドの陰になっていて姿は見えないが、声の様子から知り合いだとわかった。友人との語らいの邪魔をするのも気が引ける。だが、このまま立ち聞きするのも憚られる。声をかけてから立ち去るべきか。勝手にどこかへ消えると彼が心配するかもしれない。いや、それとも気にも留めないだろうか。

バイレッタが逡巡《しゅんじゅん》していると、アナルドが淡々と答える。

「俺の周りにいた女などあんなものだ。知っているくせに」

「そうだな。その点、お前の嫁も同類かと思ったが、女嫌いのお前が何を考えているんだ？」

「別に。ただ、妻だからな」

　女嫌いだと？

　女嫌いならば嫌いらしく放っておいてくれればいいものを。

　なぜあんなに毎晩貪られなければならないのか。

　嫌ならいつでも離婚に応じる。というかしてほしいと頼んでいるのを引き留めているのは彼のほうだ。

「ああ、金もかからずに女が抱けるからか？　戦場では苦労したものな。都合のつく金が少ない上に安全な高級娼婦の数が少なくて。上官とかぶらないかヒヤヒヤしたな」

　アナルドは答えなかったが笑ったようだった。ふっと空気が揺れる気配がした。

「あんな美人を無料で抱けるんだから、羨ましい話だ。娼婦でもなかなかいない器量よしだものな」

「そんなものか？」

「俺もお前も戦争前にさっさと結婚したが、周りは結婚ラッシュだ。あの無骨な熊男のハインツのヤツにも縁談が来たらしいぞ。まあ、戦帰りには多いよな。なんせ無事に戻ってこなけりゃ話も持っていけないんだから。戻ってこられなかったやつらの相手が市場でだぶついてるって話だ。生きてる軍人なら誰でもいいらしいぞ。俺ももう少し待っていれば別嬪《べっぴん》な嫁が来てくれたかな」

「顔は関係ないだろ」

「綺麗なほうがいいだろう。まあ、お前より美人にはなかなかお目にかかれないが」

「やめろ、気持ち悪い」

「ほんとにお前は自分の顔が嫌いだよな。そういや第二方面の上官に狙われてたんだっけ？」

「丁重に断ったさ」

「ドレスラン大将閣下が随分と手を回したって聞いたけど？　派手にやらかしたんだろ」

男たちの軽口を聞きながら、バイレッタはそっとその場を離れるのだった。

バイレッタはいつの間にか中庭に下りてきていた。

茫然としながら歩いていると、ふとベンチが目に留まって座る。そうして詰めていた息を深々と吐き出した。いつの間にか息をするのも忘れていたらしい。

別に夫には何も期待していない。そもそも、男に期待することは学生時代にやめた。

誰かに頼って生きていかねばならないような女にはなりたくなかった。男の言動一つで簡単に変わるような価値観に振り回されるのは御免だ。

だというのに、なぜかショックを受けているようだ。

何に？

いつものように、娼婦扱いされたからか。容姿しか取り柄のない頭が空っぽな女に見られたからか。

いや、どれも違うとわかっている。

エミリオに毅然《きぜん》とした態度で対峙してくれて、さらに庇われて嬉しかった。自分の噂を知っても夫の態度は変わらなかった。見下されなかったし、生意気だとも詰られなかった。女だてらに剣を振り回すなんてと眉を顰めたりもせず、ただ格好いいと褒めてくれた。

それが本当に嬉しくて、たぶん信頼が生まれたのだ。

初めて男の人に期待してしまった。

それが建前だと知ってしまって、自分は傷ついているのだ。裏切りだと感じている。

屈辱感という怒りよりも、信じてもらえない悲しみのほうが大きい。

どこまでいっても自分は誤解される運命なのだろうかと打ちひしがれた。

両手で顔を覆って俯いていると、すっと影が差した。

顔を上げれば、見慣れた男が立っていた。

「叔父様……」

サミュズは黒に近いこげ茶色の髪を優雅に撫で付け、夜会服を身にまとっている。軍服ばかり見ていたので、少し違和感を覚えたが、そういえば軍の物資にも商会が貢献したのだった。随分と儲けさせてもらったと叔父が笑っていたのを思い出す。だからこそこの祝勝会にも呼ばれているのだろう。

だが彼の翡翠色の瞳が翳っているのを見て、バイレッタは首を傾げた。

「可愛い姪を泣かせているのは誰だ？」

「まあ泣いていませんわよ。久しぶりの夜会に少しあてられてしまっただけで……」

「全く意地っ張りなところも姉さん譲りだな」

叔父は大股で近づいてくると、隣に座るなりそっとバイレッタを抱きしめた。

夫の香りとは別の新緑を思わせる香水の香りに、少しだけ心が落ち着いた。慣れ親しんだ香りだ。叔父は昔から同じ香りをまとっている。

「これなら、誰に見られることもない。好きなだけ泣くといい」

「ふふっ、叔父様。私ももういい年になりましたわ、少女のように泣きませんわよ？」

「私にとってはいつまでも可愛い姪だよ」

「光栄ですわ」

昔から自分に愛情を注いでくれる叔父には感謝しかない。母に似ているからだとわかっているが、それでもバイレッッタの話を聞いて商人になって店を持つという夢まで叶えてくれた。

いつものようにぽんぽんと背中を叩いてあやしてくれる。いくつになっても叔父は小さな姪を甘やかすような行動ばかりとる。自分はもう二十四で、貴婦人と呼ばれるほどの年齢なのだが。

それでも馬鹿にされていると感じないのは、ひとえに親愛があるからだろうか。

サミュズは黙ってバイレッタをあやしていたが、ふと首元のネックレスに視線を移した。

「そのネックレスは黄柱石か……そういえばピアモンテ宝石店の店主に力添えをしたんだって？　この石はあそこの店のものだろう」

肩を抱かれたままの状態で、目線だけを叔父に向ける。

商売の話をして姪を元気づけようとするのだから、サミュズは根っからの商売人だと苦笑する。

　だが今はその配慮がありがたい。

「叔父様はいつも仰っておられますもの。競争意識がよりよい商売の発展に繋がるって。独占も停滞も何も生み出しませんものね」

「だからといってあんなやり手に入れ知恵しなくてもいいだろうに」

「あら、彼は善人ですわよ？」

「人となりは悪くない。ただ、抜け目がない。恐ろしく勘もいい。お前が手助けしなくても十分に店をやっていけたよ」

　父の病気で急に代替わりしたばかりで商売に苦労していたピアモンテ宝石店の店主に、あれこれ世話を焼いてしまったことを言われているようだ。なるほど、余計なお節介だったというわけか。

　バイレッタが胸中で反省していると、不意に声をかけられた。

「何をしているんです」

　鋭く冷ややかな声が聞こえて、思わずバイレッタは背筋を伸ばしてしまった。

　サミュズが宥めるように、背中を優しくあやしてくれる。

「おや、これはスワンガン中佐殿」

「俺の妻から離れてもらいましょうか」

「叔父様ごめんなさい、誤解させてしまったわ」

叔父の胸をやんわりと押すと、彼はくすりと笑みを浮かべる。

「いいんだ、バイレッタ。何より、妻を放って遊んでいた若造に批難される謂れはないな」

「目を離した隙に、愛《いと》しい妻の姿が見えなくなっただけですよ。それより、いい年をした男性が、人の妻に手を出していい理由にはなりませんよね？」

愛しい妻だなんて白々しい。

先ほど彼が自分を娼婦だと認識していることを知ってしまった。痛んだ胸には気づかないふりをする。

「愛しい姪を可愛がっていただけだが？」

「貴方のそういう態度が噂を広げていると自覚はありますか」

「噂？　余計な虫が寄り付かないのなら構わないだろう」

叔父の昔からのスタンスだ。

毒をもって毒を制す。噂には噂で対抗する。

だからこそ、これまでのバイレッタの悪い噂を否定せずに好き放題させていたのだから。

「まあ、こうして一番大きな害虫がくっついてしまったわけだが……さて、バイレッタとはいつ別れるんだ？」

約半月後には、円満に別れる予定です、とはとても言える雰囲気ではなかった。

「俺は別れるつもりはありません」

「人のいない間に勝手に婚姻を結んだ挙げ句に八年間も彼女を放置しておいて随分な言い草だな。私は認めるつもりはない」

「貴方にそのような権限はないでしょう？」

「面白い、若造がこの私に喧嘩を売るだと。私は彼女の師匠でもある。大切な弟子で血縁者だ。そちらこそ偉そうになんの権限があるというつもりか。八年間も何もしなかった夫という立場だとしたらとんだ笑い物だが」

「それでも夫のつもりですよ。婚姻を結んでいるのは事実ですから。それに彼女のことは彼女が決めるべきです。俺は妻の意思を尊重しますよ」

いきり立つ叔父に、アナルドが静かに答えた。

だが、妻の意思を尊重するのなら賭けなどと言い出さずにさっさと離婚に応じてほしいものである。

引き留めているのは彼で、おかしな賭けまで持ち出してきたのも彼だ。

「なるほど、立派な心掛けだ。では、バイレッタ。さっさと身軽になっておいで」

「残念ながら彼女は俺と別れられないんですよね」

それは念書があるからですよね！

とは、とてもじゃないが叔父には言えない。そんな賭けをしているだなんて叔父に知られたら馬鹿なことをするなと怒られてしまうだろう。

商人たるもの勝算のない賭けを衝動的に行うなど三流以下だとでも言われそうだ。だが勝ち誇ったかのような夫の表情も少し腹立たしくはある。そんな誤解を招く言い方をしなくてもいいだろうに。叔父の神経を逆なですることにどんな益があるというのだ。

「どういうことだ。貴様の自惚《うぬぼ》れか。それにしてはなんだかバイレッタも慌てているね」

夫に向けられていた瞳が、ゆっくりとこちらに向いた。鋭利な視線は剣呑《けんのん》な光を孕んでいる。結婚したと告げた時も似たような顔をして半日ほど質問攻めにあったことを思い出して身が震える。

ここにいるのは得策ではないと瞬時に悟った。

「叔父様、後日少し時間をいただけませんか。ご相談したいことがありますの」

「そうだね……では、明後日《あさって》はどうだい、昼食でも一緒に食べよう。場所はいつものところでいいだろう？」

きっと叔父はアナルドが自信満々に別れられないと告げた理由を問いただしてくるつもりだろう。猶予を設けて対策を立てなければ、確実にややこしい未来しか見えない。

いつものところとは帝都にある叔父が経営している高級レストランの最上階の部屋だ。大事な商談や接待に使う店でもある。もちろん場所はよく知っている。

「はい、ありがとうございます。では失礼しますね。旦那様、戻りましょう」

バイレッタは立ち上がると、アナルドの腕をとって歩き出す。

夫は一応、無言でついてくる。叔父はひとまずは黙って見送ることにしたようだ。夫を刺激しないでくれることがありがたい。たとえ腹の中でどれほどの罵詈雑言《ばりぞうごん》を並べ立てていようとも表に現れなければ何も問題はないのだ。

バイレッタはただただ叔父の賢明な態度に感謝するのだった。

アナルドの腕を引いていたバイレッタが中庭の途中まで来ると、急に彼が進路を変えた。てっきり会場に向かうかと思えば、人気のないほうに向かっている。結果的に引きずられるようについていくことになる。

やや奥まった茂みに向かうアナルドに、思わず足を止めて呼びかけてしまった。

「あの、どちらに……？」

「ここでいいのですか」

振り向きざま、アナルドの手が伸びた。

「なんの話で――んふっ!?」

問いかけは口づけで塞がれてしまった。そのまま息を飲んでいると、角度を変えてさらに深く落ちてくる。がっちりと大きな手が頭の後ろに回る。空いた手は、腰を支えていたがどちらかといえば、逃げられないように捕まっているようだ。力強い腕はさすが軍人だと思わせるが、何もこんなところで発揮しなくてもいいだろうに。

「ふっ……あん……やぁっ」

拒否の言葉はそのまま嬌声に代わってどこか鼻から抜けたような媚《こ》びた声が出た。いつになく性急に動く手は彼らしくない。だが、正確に的確に事態が進むのは彼らしい。

アナルドの手は躊躇《ちゅうちょ》なくスカートの中に伸びて、さらりと腿《もも》を撫で上げる。慣れた手つきに体が歓喜に戦慄く。すっかり従順になった体に苛立つ感情も、抗《あらが》えない喜びに飲まれていく。

だがここは野外だ。しかも皇宮の中庭だ。破廉恥な行為をして許される場所ではない。もちろん楽しむ男女もいることは知っているが、バイレッタには当てはまらない。それとも彼の意識では妻は無料の娼婦のようなものだから、いつでも自分の都合のいいように抱けると思われているのだろうか。

心は裏切られた気持ちで傷ついているのに、体はすっかり彼に与えられる刺激を受け入れている。ちぐはぐな反応にバイレッタは苦い気持ちを嚙み締めた。

「や、やめ……てくださいっ」

「賭けの期間ですよ、拒否権はありません」

エメラルドグリーンの瞳は猜疑心を孕んでいて、どこまでもバイレッタの心を凍り付かせる。祝勝会の会場で甘く蕩けるように自分を見つめていた視線などまるで幻のようだ。やはり、彼にとって自分は娼婦で噂通りの毒婦なのだろう。

理解されたと、受け入れられたと喜んだ気持ちは一瞬にして塗り替えられた。

「だからって……ああっ……ん」

「気持ちいいですか。会場に着いたらいいって言いましたよね」

「言ってな……はっ、やぁ、外はイヤ……ですっ」

「すっかり準備は整っているようですが？」

羞恥と快感とで思考が翻弄される。否定したいのに、言葉はどこまでも甘い。

体の間に挟まれた腕を縋りつくようにアナルドの首に回されて、ますます二人の体はぴたりとくっついた。

短い呼吸の合間に舌を絡ませれば、いやでも快楽に酔う。確かに体はすっかり彼の言う通りだが、最後の矜持で頷きたくはない。

「ふっ……不快だなぁ……自分でも驚くほどだ」

「ならっ……放し……てぇ」

「ご冗談を。ほら、少しは素直になったらどうです」

こんなにも快楽に弱い自分の体を嘲笑うように、夫が口角を上げる。

夫の指す不快なことが、何を言っているのか理解はできなくても、なぜか失望されたくないと心が叫んだ。彼の長い指が肌を滑るだけでぞわぞわとたまらない気持ちになった。

「嫌だという嘘つきな妻にはお仕置きが必要でしょうが、俺が欲しいと上手にねだる妻にはご褒美もいりますね。簡単に踊らされている自分が腹立たしくて目が眩《くら》むようですよ。貴女は本当に俺を楽しませてくれる」

「やっ……あン……」

息を乱しながらアナルドを見つめれば、エメラルドグリーンの瞳が蠱惑的に光る。

甘い疼きに感情は染め上げられて、真っ白になった。

お仕置きもご褒美もバイレッタが望んだものではない。だが怒りは羞恥と快楽であっさりと上書きされる。快楽にあまりに弱すぎる己の体に激しい自己嫌悪に陥る。だが、それすらも甘美な悦楽に変わるのだ。

「覚悟してください、バイレッタ――……」

彼のつぶやきは溶ける意識に儚く消えるのだった。

◆　◆

皇宮の中庭ではすっかり感情が暴走してしまったとアナルドは意識を失った妻の体を抱えながら反省した。

今は伯爵家へと戻る馬車の中だ。向かいにも座れる広めの座席の片方で、アナルドは妻を抱きしめる腕に力を込めた。祝勝会は妻の気分が悪くなったと言って帰ってきた。ほとんど終盤だ。これほど長く参加したことがなかったので、バイレッタを馬車に預けて会場に戻り、帰ると告げた自分に友人は驚いていたほどだ。まだいたのかとからかわれた。

こうして帰路につく馬車に揺れていると冷静さが戻ってくる。むしろ先ほどまでの激情が異常だ。

不快さと性欲が結び付くなどと思ったこともなかったが、今までで一番興奮したのも確かだ。

自分の中にこれほど狂暴な心があるとは思わなかった。すっかりバイレッタは気を失って目覚める気配もない。腕の中にすっぽり収まる妻の小柄さに、戦慄を覚えた。

隣に立つ姿勢の良い彼女には、いつも気迫のようなものが漂っている。それが彼女を大きく見せているのだろう。だが、こうして眠っている時に抱きかかえてみれば自分よりも随分と彼女が小さいのだと実感できた。

こんなに細くて壊れそうな女だっただろうか。

叩けば元に戻る鋼の鎧《よろい》のようなものだと考えていたが、繊細なガラス細工のような脆い姿を見つめて、知らず抱えた腕に力が籠もる。

彼女が叔父と仲がいいということは知っていただろう。

揺れる馬車の中で、アナルドは自分に自然と問いかけていた。

答えは是だ。

報告書も読んだし、男女の仲にあるとの噂も聞いていた。もちろん、二人が男女の仲だとの疑いはない。何より彼女の初めての相手はアナルドなのだから。だが、紙面で得た情報と実際の現場を見るとではアナルドに与えた衝撃は全く別物だった。

仲がいい？

叔父と姪はあんなふうにベンチに並んで抱き合ったりしない。

至近距離で見つめ合って楽しげな会話もしない。

当然のように背中に手を回して宥めたりもしない。

もちろん、姪の夫に殺意や憎悪をぶつけてきたりもしない。

仲がいいなんてレベルの話ではないことは見ていれば伝わる。あんな噂が広まるわけだとアナルドは目に焼き付いた光景を思い返して、納得する。それと同時に、またムカムカとした感情が腹の底から湧き上がってくるのを感じた。

あんな光景をアナルドに見せる妻にも不快さが増す。

一方で、だからこそ面白いものだと理性を司《つかさど》る自分が嗤《わら》う。

これまで自分が認識する感情は不快さと平坦。それ以外は周囲の様子を見て、真似てきただけだ。たいていは無表情で過ごしている。取り繕うことも存外、疲れるので。

だが、彼女が関わる時だけ様々に変化する。濃淡を変えて、形を変えて、一瞬で沸騰するかのような不快さかと思えば、じわじわと毒に苦しむかのような不快さもある。胃が重くなる不快さやイライラとした落ち着かなさを伴うこともある。

『どれだけ奥さん好きなの？』

不意にモヴリスの言葉を思い出した。

誰かへの好意を感じたことは初めてだ。

上司に指摘されるまで、自分の中のバイレッタは興味深くて面白い妻という立ち位置だった。だが、彼の言葉で妻は想い人へと格上げしたらしい。

それすらも他人に言われなければわからないのだから、自分の感情はなんとも鈍感なことだ。

けれど、とアナルドは考え直す。

これが本当に上司の言う通りのものなのかは、確認のしようがないということに。

ならばしばらくは様子見だ。

日ごと変化していく感情を見つめて、最終的にどうなるのか見当もつかないが、静観するしかない。対処法も思い浮かばないのだから。

そして、これが本当に好きだという感情ならなんとも厄介なものだとも思った。

それでも自分の中には、どうしても譲れないものがある。

「覚悟してください、バイレッタ。俺は貴女を手放す気はさらさらないんだ」

皇宮の中庭で妻が意識を失う直前に告げた自分の言葉を反芻して、そっと彼女に口づけた。形の良い唇はふわんと柔らかくて、温かい。

アナルドは、そっと目を閉じた。

己の感情をかき乱す彼女のぬくもりを堪能《たんのう》しながら――。

転章　狐狩りの始まり

「なんなの、あの小娘はっ。余裕ぶって私に嫌みをぶつけてきて。その上、アナルド様を誑かすだなんてどういうつもりよ！」

祝勝会に向かう時には上機嫌だった女は、帰ってきてみればイライラと長い爪を噛んで吠《ほ》えている。

無様だなとも思うが、今夜の自分のパートナーがこれなのだからエミリオはうんざりする。

カーラは久しぶりに会えるアナルドを自分の虜にするのだと随分と意気込んで祝勝会に臨んでいた。それなのに実際にはアナルドにこっぴどく振られたらしい。その上大事な妻が美しすぎて可愛いと惚気られたと地団駄踏んで悔しがっていた。それは本当にあの中佐の話なのかと、普段接点のない自分ですら疑ってしまうような甘い言葉だ。

これは相当にバイレッタに落とされているな、と呆れる。確かに、エミリオが忠告した際も、氷のような冷たい視線を向けられて追い払われた。忠告だと言ったにもかかわらず、一切聞く耳を持たない姿に思わず奥歯を噛み締める。

エミリオはライデウォール伯爵邸の居間のソファに座りながら、部屋の中を行ったり来たりして鬱憤をぶちまけているカーラに声をかけた。

「落ち着いてください、カーラ様。それがあの性悪女の手口ですよ。あんな悪女から中佐を助けてあげられるのは貴女だけじゃないですか。そんな貴女が冷静さを失えば、相手の思うツボですよ」

「そう……それもそうね」

カーラは納得してエミリオの隣に座り、べったりともたれかかってきた。きつい香水の香りが鼻をつくが、不快さは表に出さないように努める。

立法府議会議長補佐官。それが自分の肩書だ。

立法府の議長であるカリゼイン・ギーレル侯爵に取り立ててもらって、ここまできた。だからこそ、その先も望んでいる。一介の議長補佐官で終わるほど、自分は無能ではないはずだ。

カーラは利用する上で大事な女だ。無駄に怒らせることはない。ご機嫌をとっておけとは議長直々の命令でもあるから、エミリオに拒否権はない。

そうは言っても苦手なものは苦手なので、我慢するしかないのだが。

「今夜は泊まっていくのでしょう」

「今すぐに戻らなければならない仕事がありまして、残念ですがお暇《いとま》します」

「つれないのね」

さほど残念でもなさそうにカーラは笑む。自分がいなくても、お気に入りなどたくさん飼っている女だ。

ふっと揺れる金色の巻き毛が目に入って、彼女の髪の色はもっとずっと薄いのだなとエミリオは瞳を細めた。

脳裏に浮かぶのは、鮮やかなストロベリーブロンドだ。

記憶の中の彼女の髪はもう少しはっきりした髪色だった気がしたが、それは彼女の印象が強すぎたからだろうか。それとも思い出が強烈だからだろうか。

入学式の時にスタシア学院中の男を一瞬で虜にした美貌の少女は、卒業前に起こした刃傷事件からほとんど学院に来なくなった。

こんなはずではなかったのに、いつも思い描くように動かない彼女に、憎悪に近い感情を抱く。

もっと縋ってくるなら、助けてやった。

もっと愚かなら、すぐに手を差しのべた。

もっと鈍かったなら、囲って大事にしてやった。

自分には決められた婚約者がいたし、たかだか子爵家の軍人を父に持つ派閥の異なる娘を娶ることなど不可能だった。

貴族派の侯爵家の嫡男に自由などない。けれど、愛人としてなら傍に置けたのに。

なのに、彼女は強くて賢くて鋭かった。

だから、結局、自分の物にはならなかった。

あの頃も、そして今日も。

祝勝会で見た彼女は思い出の中よりもずっと女らしくなっていた。艶やかなストロベリーブロンドは記憶の中よりも淡い色で優しげな雰囲気を持っていた。甘そうで柔らかそうで。

彼女の夫が戦争から帰ってくる前にも夜会で見かけたが、それよりもはるかに美しかった。いつも何かと闘っていて、足掻いている。けれど決して折れないアメジストの瞳の輝きはそのままに。

色気が増したような気がした。もともと綺麗な顔立ちをした女だったが、匂いたつような、そんな表現が似合う艶があった。

社交界では叔父とただならぬ関係にあると言われ、夫の居ぬ間に義父に囲われていると囁かれていた。軍の祝勝会ですらすっかり浸透していた。もちろん、その噂を流したのはエミリオだ。事実かどうかなんてどうでもよかった。

だが、無垢《むく》な少女は美しかった。ただそれを知っているのが自分だけであればいいと願っただけだ。

だがあの時よりもずっと成熟した姿に、思わず震えた。

本当に彼女は美しい。見惚れる自分に、あの女はどこまでも小馬鹿にしたように微笑むだけだ。

噂では冷徹と言われる夫をも誑し込んだらしい。

仲睦《なかむつ》まじい様子をあちこちで聞いた。アナルドが成人してから一度も出向かなかった領地まで仲良く旅行をした。街を一緒に歩いていた。楽しそうに二人で買い物をして馬車に乗り込んでいたなどだ。その度に何かを叩き壊したい衝動に駆られた。

実際に祝勝会では寄り添って楽しげに会話をしていた。

だから水を差すためにアナルドに噂を吹き込んだ。隣に並んだ女に失望するように。

だが追い払われたのはエミリオだった。

ぎりりと奥歯を噛み締めて、苛立ちを押しつぶした。

親切のつもりだった。

噂を聞いた夫にひどく傷つけられて軍人の夫は嫌だと泣きついてくれれば、直《す》ぐにエミリオが動く手はずだった。そうして、しばらくは侯爵家の別邸で囲う計画だ。アナルドはカーラが引き受けてくれるはずだったが、それも失敗に終わった。

楽な仕事のはずだった。

それなのに、あっさりと覆された。

バイレッタ自身の手によって。

ならば、もう計画を止めることはできない。

穏便な作戦は彼女が叩き壊してしまったのだから、自業自得だ。

過激で命が危ないほうに舵《かじ》は切られてしまった。

仕方がない。

決めたのはバイレッタ自身なのだから。どこまでも腹立たしい女だ。気に食わないし、思い通りにいかない分憎しみが増す。

だが、どこまでも自分を捕える女。

こけにされたのに。親切を仇《あだ》で返されたような気がするのに。

どうしても諦められない。

「仕方がありません。狐狩りが始まりますよ」

「ふふ、絶対に傷つけないでね。お気に入りなんだから」

「わかっていますが、物事に絶対はありませんからね。ではよい夜を」

エミリオは立ち上がり、蠱惑的に微笑んだ。

そうして、微《かす》かに祈りを込めて。

一度だけでも、もしもを思わずにはいられない。

彼女が自分を頼ってくれたのならきっと——。

近くて遠い同じ夜空の下で勝気な女を思いながら、エミリオはライデウォール伯爵邸を後にした。


——数日後、バイレッタはスワンガン領地で治水工事の反対運動が起きたと、義父からの手紙で呼び出されるのだった。

<初出>
本書は、2021年にカクヨムで実施された「第６回カクヨムWeb小説コンテスト」恋愛部門で大賞を受賞した『拝啓見知らぬ旦那様、離婚していただきます』を加筆修正したものです。

メディアワークス文庫

拝啓《はいけい》見知《みし》らぬ旦那様《だんなさま》、離婚《りこん》していただきます〈上《じょう》〉

久川航璃《ひさかわこうり》

2022年1月25日　初版発行
2024年1月10日　12版発行

発行者　山下直久
発行　株式会社KADOKAWA
〒102-8177　東京都千代田区富士見2-13-3
0570-002-301（ナビダイヤル）
装丁者　渡辺宏一（有限会社ニイナナニイゴオ）
印刷　株式会社KADOKAWA
製本　株式会社KADOKAWA

●お問い合わせ
https://www.kadokawa.co.jp/（「お問い合わせ」へお進みください）
※内容によっては、お答えできない場合があります。
※サポートは日本国内のみとさせていただきます。
※Japanese text only

※定価はカバーに表示してあります。

Printed in Japan
ISBN978-4-04-914171-9 C0193

メディアワークス文庫　https://mwbunko.com/

本書に対するご意見、ご感想をお寄せください。

あて先
〒102-8177　東京都千代田区富士見2-13-3
メディアワークス文庫編集部
「久川航璃先生」係